文春文庫

鳥百花　白百合の章

阿部智里

目次

用語解説

山　内（やまうち）

山神さまによって開かれたと伝えられる世界。この地をつかさどる族長一家が「**宗家**（そうけ）」、その長が「**金烏**（きんう）」である。「**真の金烏**」が存在しない間、「金烏代」がその代理を務める。東・西・南・北の有力貴族の四家によって東領、西領、南領、北領がそれぞれ治められている。

八咫烏（やたがらす）

山内の世界の住人たち。卵で生まれ鳥の姿に転身もできるが、通常は人間と同じ姿で生活を営む。貴族階級（特に中央に住まう）を指して「**宮烏**（みやがらす）」、町中に住み商業などを営む者を「**里烏**（さとがらす）」、地方で農産業などに従事する庶民を「**山烏**（やまがらす）」という。

登殿の儀（とうでんのぎ）

有力貴族の娘たちが、次の金烏となる「**日嗣の御子**（ひつぎのみこ）」の后候補として「**桜花宮**（おうかぐう）」へ移り住むこと。ここで妻として見初められた者がその後「**桜の君**（さくらのきみ）」として桜花宮を統括する。

山内衆（やまうちしゅう）

宗家の近衛隊。山内衆の養成所である「**勁草院**（けいそういん）」にて上級武官候補として厳しい訓練がほどこされ、優秀な成績を収めた者だけが護衛の資格を与えられる。

羽林天軍（うりんてんぐん）

北家当主が大将軍として君臨する、中央鎮護のために編まれた軍。別名「**羽の林**（はねのはやし）」とも呼ばれる。

谷　間（たにあい）

遊郭や賭場なども認められた裏社会。表社会とは異なる独自のルールによって自治されている。

羽　衣（うえ）

人形から鳥形に転身する時、体に吸収される黒い衣。布で出来た衣をまとったまま転身することは出来ない。有事の際に転身の必要がある武人や、衣を買う余裕のない者は羽衣で過ごす。

飛　車（とびぐるま）

最下級身分の八咫烏（「**馬**」と呼ばれる）によって空を飛ぶ車。見た目は牛車に似る。

人物紹介

奈月彦（なづきひこ）
長く若宮・日嗣の御子としてあったが、猿との大戦後、正式に即位。宗家に生まれた真の金烏として、八咫烏一族を統べる。

雪　哉（ゆきや）
地方貴族（垂氷郷郷長家）の次男。かつては若宮の近習をつとめ、勁草院を首席で卒業し山内衆となる。北家当主玄哉の孫でもあり、猿との大戦の際には全軍の指揮を務めた。

浜木綿（はまゆう）
登殿によって選ばれた奈月彦の正室。南家の長姫・墨子として生を受けるが、両親の失脚により、一時身分を剝奪された過去がある。

紫苑の宮（しおんのみや）
奈月彦と浜木綿の娘。

大紫の御前（おおむらさきのおまえ）
南家出身の皇后（別名を**「赤烏」**）。金烏代との間に長束をもうける。後宮において絶大な権力を握る。

藤波の宮（ふじなみのみや）
奈月彦の妹。藤波の羽母は、若宮にかつて登殿したあせびの君の母・浮雲がつとめた。兄の登殿の儀の際に内親王らしからぬ行いをしたため、尼寺に預けられている。

浮　雲（うきぐも）
奈月彦の父親時代の登殿者であり、あせびの母。

真赭の薄（ますほのすすき）
西家の姫、絶世の美女。かつては登殿して若宮の正室の座を望んでいたが、自ら出家して浜木綿付の筆頭女房となる。

顕　彦（あきひこ）
西家の次期当主。真赭の薄と明留の兄。

市　柳（いちりゅう）
山内衆。北領の地方貴族の三男。勁草院所属の頃、雪哉らよりも一年上級だった。

明　留（あける）
若宮の側近。真赭の薄の弟で西家の御曹司。中退するまで、勁草院で雪哉らと同窓だった。

茂　丸（しげまる）
山内衆。雪哉の勁草院時代からの親友。体が大きく優しい性格で皆に慕われている。

千　早（ちはや）
山内衆。南領出身。勁草院時代、同期の明留たちに妹ともども苦境を救われた。

結（ゆい）
千早の妹。目が不自由であり、過去には谷間で遊女に混じり、楽士として働いていた。

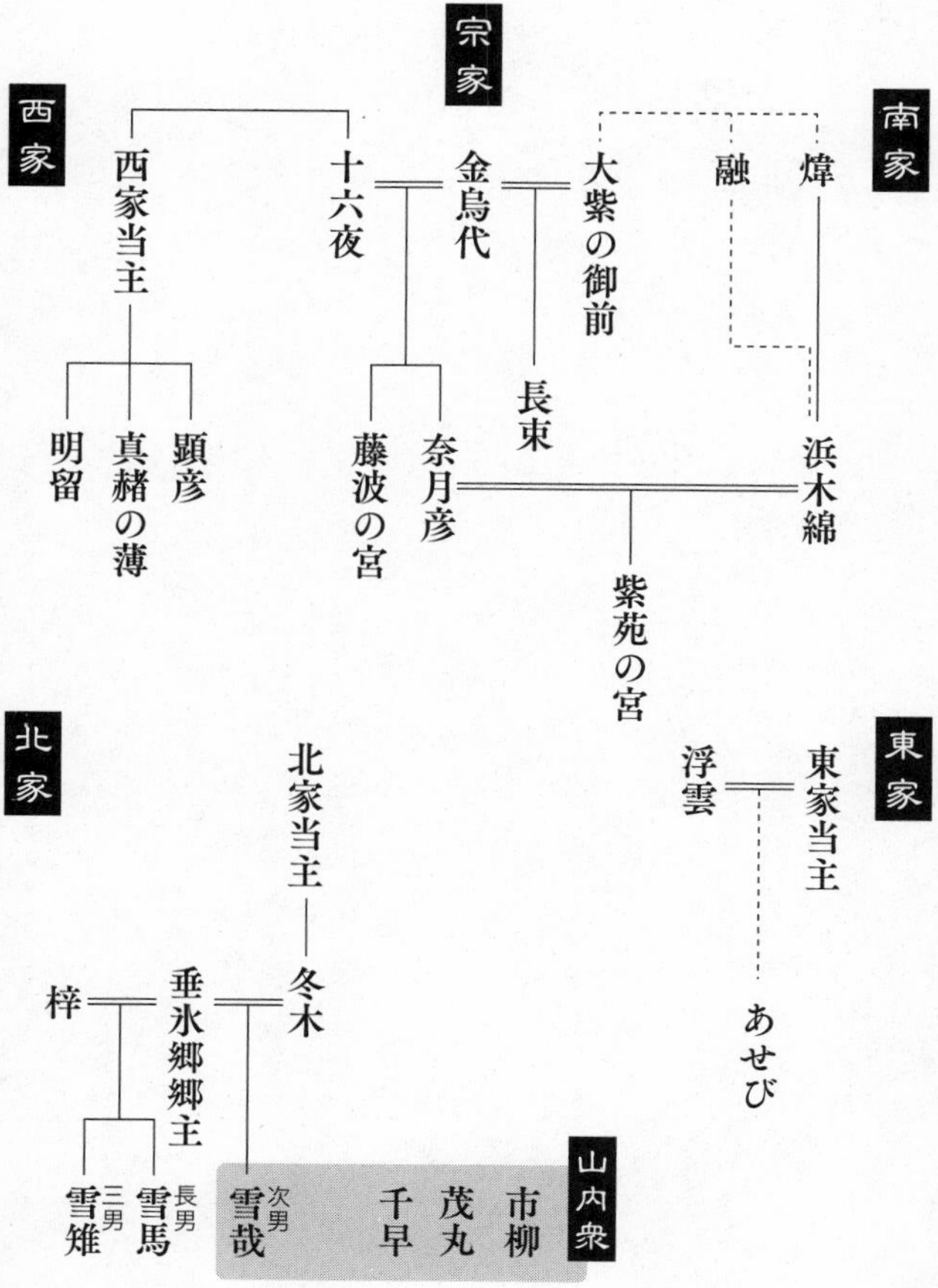
南家
煒
融
大紫の御前
宗家
金烏代
十六夜
西家
西家当主
長束
浜木綿
奈月彦
藤波の宮
顕彦
真赭の薄
明留
紫苑の宮
東家
東家当主
浮雲
あせび
北家
北家当主
冬木
垂氷郷郷主
梓
山内衆
市柳
茂丸
千早
次男
雪哉
長男
雪馬
三男
雪雉

鳥百花

白百合の章

かれのおとない

「ごめんください」

一つ芯の通った声が、冷やっこい土間にカンと響いた。

「はあい」

壁にもたれて休んでいたみよしは、自分の他に家の者は誰もいないのだと気付き、慌てて腰を上げた。

何せ家族の多い家である。土地に飽かせて広さだけはあるが、年季が入っているのであちこちがぎしぎし軋《きし》む。みよしが物心ついた時から変わらない、子守歌のように慣れ親しんだ家鳴りではあるが、明日からこれを聞くこともなくなる。

「どちらさんでしょう」

そう言って顔を出した土間の向こう、表口に立ち尽くす人影があった。

逆光の中、静かに笠を取ったその顔を認めて、みよしは思わず「あっ」と声を上げた。

「雪兄ちゃん……？」

半ば信じられず、幽霊でも見てしまったかのような気分だった。どことなく緊張した面持ちをしていた青年は、ばつが悪そうに笑った。

「はい。随分とご無沙汰しております」

そう言って静かに頭を下げた姿に、かつて、彼が初めてここにやって来た日のことが鮮やかに蘇った。

＊　＊　＊

「垂氷《たるひ》の雪哉《ゆきや》と申します」

よろしくお願いしますと言って頭を下げた少年の所作は、きっぱりとして美しかった。

雪解け水を含んだ畑の土みたいな色をした髪は丁寧に梳《くしけず》られており、その姿勢は武人の卵らしくぴんと伸びている。伸び盛りと思しき手足はすんなりとしていたが、頰の柔らかさにほんの少しのあどけなさが残っていた。

身に纏《まと》っているのは自分達と同じ羽衣《うえ》であったが、彼は北領《ほくりょう》が垂氷郷、郷長家《ごうちょうけ》の子息であるという。

郷長家と言えば、村長に偉そうに命令するお役人の上役の、そのまた上役に当たるお貴族さまだ。たとえ同じ黒い衣を着ていても、この少年が自分達とは全く異なる育ちなのは間違いない。

どうして隣の郷のお坊ちゃんが、わざわざこんなへんぴな所に。

他の家族も面食らっている風であったのだが、少年を連れて来た一番上の兄は、からりと笑って彼の背を勢いよく叩いた。

「こいつ、俺の友達なんだ！」

いい奴だぜ、と続けられて、みんなで顔を見合わせる。

ほんの少しのだんまりの後、次に響いたのは豪快な笑い声だった。

「そうか、そうか。茂《しげ》の友達なら、あんたはうちの子も同然だな。自分ちに帰って来たつもりで、ゆっくりしてくんな」

にっかりと笑って進み出たのは、長兄とよく似た笑顔の父だった。兄がしたのと同様に、父によって親しげに肩を叩かれた貴族の少年は目を丸くする。

たまに視察と称して村にやって来るお貴族さまは、意地悪で居丈高《いたけだか》だ。一瞬、彼も「馴れ馴れしい」と怒りだすんじゃないかと不安になったが、決してそうはならなかった。

「はい。お世話になります」

そう言って、彼はふにゃりと、はにかみながら笑ったのだった。

八咫烏《やたがらす》の一族の住まう山内《やまうち》の地は、金烏《きんう》宗家《そうけ》のもと、東西南北の四つの領に分けられている。

東家《とうけ》が治める東領《とうりょう》は、楽人を輩出する芸術の地だ。

南家《なんけ》が治める南領《なんりょう》は、商人が力を持ち、たくさんの人と物が行き交うという。

西家《さいけ》が治める西領《さいりょう》は、たくさんの職人を抱え、山内の美と文化を支えている。

そして、みよしらの住まう北家《ほっけ》の治める北領は、腕っぷしの良い武人であることが何よりの誉《ほまれ》とされる土地であった。

山内において最高の武人は、金烏宗家を守る山内衆《やまうちしゅう》である。当時、みよしの一番上の兄である茂丸《しげまる》は、その山内衆の養成所である勁草院《けいそういん》に在籍していた。

みよしは昔から、兄の中でも一番上の兄が大好きで、「大兄《おおにい》ちゃん」と呼び慕っていた。

北領の男は多かれ少なかれ武術の心得があるので、強いというだけで一目置かれるものだったが、長兄のすごさはそれだけではなかった。

何と言っても、体の大きさに見合った器の大きさを持っていたのだ。

面倒見がよく、いつだって優しく、滅多なことでは腹を立てないし、大人の男達が喧嘩になっても兄が間に入れば自然と穏便にことが収まった。村の古老が山で動けなくなっていた時にいち早く気付いて連れ帰ったこともあれば、畑を荒らしに来た猪の大群を、棍棒ひとつで撃退したこともある。

　年の離れた男の子が多い村の中で、邪険にされがちだったみよしとも、いつだって大真面目に遊んでくれたものだった。

　みよしの知る限り、長兄は老若男女の誰からも好かれていたように思う。いずれは村長になるだろうと目されていたし、本人も長男として家の畑を継ぐつもりだったようだ。

　実際、勁草院から派遣されてきた武人に「勁草院に入らないか」と熱心に声をかけられても、兄は丁重にそれを断っていた。何事もなければ、この北領の片田舎でのんびりと一生を終えていただろう。

しかし、そうはならなかった。

兄の人生を、丸ごとひっくり返すような大事件が起こったのだ。

兄が十七になった時――近くの民家が、人喰い猿に襲われた。

　話だけ聞けば、突拍子もない法螺《ほら》のようだ。人形《じんけい》を取った八咫烏を襲う大猿など、見たことも聞いたこともない。にわかには信じがたい化け物の存在に、しかし兄は人生を変えられてしまった。

　ご近所の安否の確認に、兄は誰よりも先に血みどろの現場に飛び込んだ。すぐ帰ってくるよ、と朗らかに言って出て行った兄は、かつてないほど青ざめ、厳しい顔をして戻って来たのだった。

中央からのお役人がやって来て、てんやわんやがあった後、かろうじて普通の暮らしが戻ってからも、兄の表情は一向に晴れなかった。

どれほど悲惨な現場を目にしたのだろう。どうしたら、兄は元気になるのか。

心配していた家族に、兄はある日当然、「山内衆になりたい」と言い出したのだった。

「どんなに俺一人が頑張っても、あんな化け物に襲われちまったらひとたまりもないだろ。ちゃんとした武人になって、あんな風に襲われないよう、もっと大きな形でみんなを守れるようになりたい」

だから、勁草院に行くことを許してほしい、と。

家族は仰天したが、兄の決意は固かった。よくよく話し合い、最終的には、家族みんなで兄の新しい道を応援すると決めたのだった。

当時のみよしは、兄の決意も、山内の置かれた危機的状況もよく分かっておらず、兄が中央に行ってしまうのがただひたすらに悲しかった。

周囲の大人達は、宗家近衛《このえ》隊《たい》の山内衆は朝廷で働く立派な武官だ、これは大変名誉なことなのだと、こんこんとみよしを教え諭した。

そんな立派なお役目と大好きな兄の姿が結びつかず、なんだか不思議にも感じられたが、立派な兄が立派なお役目につくのは確かに自然な流れである。大好きな兄の素晴らしさがもっと多くの人に伝わるのならば、それはきっと良いことなのだろうと、無理やりに納得したのだった。

「大丈夫だ、みよし。兄ちゃん、休みには戻ってくるからな。留守の間、みんなを頼んだぞ」

涙ながらに手を振るみよしに、兄は鮮やかに笑いかけたのだった。

そうして中央へと向かった兄が、長期休みに入って最初に連れ帰った友達が、雪哉であった。

立派な出自を持つ少年に対しても、父母は全く臆することがなかった。

おおらかに――あるいは適当に――雪哉を徹底して、ただの「長男の友達」として扱った。気にしいなところのある次兄などは慌てふためいていたが、雪哉もその扱いを甘受している様子を見ているうちに、「そういうもの」として受け入れたようだった。

実際、貴族だというのに、雪哉にはまるで気取ったところがなかった。

物腰や口調などには生まれの良さを感じさせたが、それをわざわざひけらかすような真似は一切しない。類は友を呼ぶとでもいうのだろうか。長兄と同じくらい面倒見が良く、子ども達がどんなに失礼なことをしても、決して腹を立てたりしなかった。

しかも彼は、家族の他にも村の子ども達が大勢やって来たというのに、初日で全員の顔と名前を正確に覚えてしまったのだ。

「あれ。みよしちゃん、どうしたの」

初めて雪哉から声をかけられたみよしは、飛び上がって驚いてしまった。

それは、年下の子らに「川遊びに行きたい」とわがままを言われ、たいそう困り果てていた時だった。

もうすぐ十歳になるという時分だったみよしは、弟や年少の村の子の面倒を見る立場にあった。子ども達ばかりで川に流されると危ないので、年長の兄達がいない時は勝手に行ってはいけないと言われていたのだが、その日、長兄は親戚への挨拶に出ていて、他の兄達も畑で仕事をしていたのだ。

どんなに駄目だと窘《たしな》めても、小さい子達は話を聞かず、ごねにごねられ、みよしも泣きそうになっていたところであった。

事情を聞いた雪哉は「なら、僕が一緒に行けば問題ないね」と屈託なく笑った。ぽかんとするみよしに道案内を促し、わんぱく坊主たちを引き連れ、谷川で一緒に遊んでくれたのである。

雪哉は飽きもせず、一日中、子ども達の相手になってくれた。家に帰る頃には雪哉はすっかり人気者となっていたが、誰よりも雪哉のことが好きになってしまっていたのは、他でもないみよしだった。

屈託のない貴族の少年は、みよしをちゃんと女の子として扱ってくれた。

足場の悪いところでは常に気を遣い、みよしに悪口を言う小僧をしっかり窘め、未だかつて、こんな丁寧に接してもらった記憶がないほど、丁寧に接してくれたのだ。

物腰が柔らかく、頼もしい兄の親友に、みよしはすっかり夢中になってしまった。

結局、たった三日の滞在だったというのに、別れ際には人目も憚《はばか》らず大泣きして、次はいつ来るのかと何度も問い詰めてしまった。

「お邪魔でないなら、次も必ず伺いますよ」

だから泣かないで、と困った顔で微笑《ほほえ》み、頭を撫《な》でてくれた手の優しさが余計に切なかった。

みよしがあまりに泣いたせいか、それ以来、長期休暇の度に雪哉は顔を見せてくれるようになった。

必ずたくさんの中央のお土産を持って来てくれたが、みよしはどんな珍《めずら》かな品より、雪哉に一言「みよしちゃん、元気だった？」と笑いながら声をかけてもらえる方が、ずっとずっと嬉しかったのだ。

兄は、雪哉の他にも友達を連れて来た。

そのうち何人かは、雪哉同様に貴族階級の出身者だったが、中でも一番目立っていたのは、郷長家よりもさらに偉い四大貴族の一つ、西家のお坊ちゃんであった。

明留《あける》と名乗った彼はとびきり綺麗な美少年で、村の女達は年齢を問わず、その姿を見た瞬間に黄色い悲鳴を上げた。雪哉で慣れていたので、みよしの一家は雪哉に対するのと同じように明留に接したが、彼は雪哉よりもずっと緊張していたようだった。村の者全員に分けられる数の菓子を桐の箱に入れて持って来ており、甘くとろけるような菓子を手ずから配られた女達は、まるで地に足がついていない有様だった。

だが、みよしは気を遣い過ぎて疲れ果てている風の彼よりも、その様子を見てゲラゲラ笑っている雪哉のほうが、はるかに好ましかったのだ。

「さすが、茂丸の妹御だな。しっかりしている」

夕食の後、囲炉裏《いろり》の火にあたりながら明留が言うと、長兄は大真面目に頷《うなず》いた。

「そりゃあ、みよしは誰よりも雪哉のことが大好きだからな」

確かにその通りなのだが、本人がいる前ではっきり言われてしまい、顔から火が出るかと思った。しかも雪哉が口を開く前に、兄が連れて来た友人のうち、唯一の先輩だという地方貴族の男が目を剝《む》いて叫んだのだ。

「悪いこと言わねえから止めとけ、みよしちゃん！　こいつ、相当に性格悪いぞ」

途端、雪哉が無言でその後ろ頭を引っ叩いたので、本当に仲が良いのだな、とみよしはこんな時にもかかわらずほっこりしてしまった。

「茂さん、いいかげんなことを言ったらみよしちゃんが可哀想でしょ」

ほらな、今の見たか、と騒ぐ先輩を無視して雪哉は長兄に苦笑して見せる。みよしが、ちょっとほっとしたような、がっかりしたような気持ちになっていると、こちらの気持ちを知ってか知らずか、母がからかいまじりに声をかけた。

「おや。雪くんは、みよしを嫁に貰ってはくれないのかい」

「雪くんが貰ってくれたら、みよしは幸せ者だよなあ？」

「まいったね。うちのお姫さまが本当に貴族のお姫さまになっちゃうかね」

次々に兄と叔母が茶々を入れ、一同が笑いに包まれる。

どう反応したら良いか分からず、みよしがあわあわとしていると、雪哉は、つと手に持っていた湯呑を床に置いた。

ことん、と板の間に乾いた音が響く。

「僕に限らず、貴族に輿入《こしい》れなんかしたら駄目ですよ」

淡々とした声に、その場が水を打ったように静かになる。

「きらびやかに見えるかもしれませんが、どこもかしこもろくでもない」

絶対、幸せになんかなれません。

――その言葉は、重く、冷たく部屋を満たした。

場を白けさせたことに気付かぬ彼ではないだろうに、雪哉は真顔のまま、床を見つめているばかりだ。

「……いや、そんな。貴族だからと言って、全部が全部ひどいというわけではないだろう」

重苦しい沈黙を躊躇《ためら》いがちに破ったのは、己自身も貴族である明留であった。

「家ごとに、状況は全く違う。不幸せな家もあれば、幸せな家もあるさ」

「それは、貴族も平民も変わらねえよなあ？」

長兄が和やかに言うと、雪哉は我に返ったような顔になり、次いで自嘲するように小さく笑った。

「ええ、はい……。きっと、そうかもしれないですね」

それでその話は一旦終いとなったのだが、布団を敷くために囲炉裏回りのものを下げていると、そっと長兄が近付いて来た。

「ごめんなあ、みよし。いきなりあんな話になっちまって、びっくりしただろ。雪哉の奴は、お前をどうこう思ってああ言ったわけじゃないんだよ」

「ああ、うん。分かってるよ」

おそらく、みよしは雪哉に袖にされてしまったのだろうが、それを悲しいとは思わなかった。

雪哉がむしろ、みよしを気遣ってくれたのであろうことは察しがついたし、正直、雪哉への心配のほうが勝っていた。

どこを見ているかも分からない目をした雪哉は、平然としているようで、何故か傷ついて見えたのだ。

「貴族に生まれるってのも、大変なんだねえ」

よく分からないなりにそう言うと、長兄はしみじみと頷いた。

「あいつらと付き合っていると、本当にそれは感じるな」

せめてここにいる間は気兼ねなく楽しんでくれるといいんだが、と、頭を掻《か》く長兄はやっぱり優しい。

こういうひとだからこそ、大貴族の彼らは長兄を慕い、わざわざ家まで遊びに来てくれるのだろうと思った。

そして、それ以降も兄の連れてくる青年達とのゆるやかな交流は続いた。

みよしの淡い初恋は叶わずにあっさり終わったが、雪哉が憧れのひとである事実には変わりなく、雪哉も暇を見つけては、遊びに来てくれたのだった。

状況が変わったのは、兄達が無事に勁草院を卒院し、いっぱしの山内衆として若宮殿《わかみや》下に仕《つか》える身になってからのことである。

――山内中を揺るがすような、大地震があったのだ。

その時、みよしは畑に出ていたが、立っていられずに座り込むほどに大地が揺れた。

遠くから悲鳴のような音が聞こえ、地鳴りと共に、焦げ臭いにおいが周囲の山から立ちのぼる。あちこちから泡をくったように鳥が飛び立ち、揺れが収まってからも、しばらくは犬が怯《おび》え切って吠え続けていたのが、やけに耳に残った。

幸い、みよしの村では怪我人もなく、家の倒壊も免《まぬが》れたが、村長の家の瓦は落ちて漆喰《しっくい》が剝がれ落ち、いくつかの納屋は崩れてしまった。

数日して、みよしの村で感じた揺れはあれでも些細な部類であり、中央のほうがよっぽど酷い被害があったことを知った。

兄と、兄の友人達は無事だったと報せがあり胸を撫でおろしたものの、それ以来、決定的に山内の何かが変わってしまった。

目に見えて天候が悪くなり、作物はどれも不作になった。断続的に地鳴りが起こり、中央のほうには常にあやしげな暗雲が立ち込めるようになった。

噂では、中央山《ちゅうおうざん》に祀られている山神《やまがみ》さまがお怒りになったとも聞いたが、確かなことは何一つ分からない。事情を知っていると思しき兄からの便りにも、「心配するな」と書かれてあるばかりなのだ。

数か月して、ようやく長兄が家に帰って来たが、お役目上、詳しい説明は出来ないのだという。しかもとんぼ返りしなければならないのだと言われ、不安はいや増すばかりだった。

「中央は大丈夫なのかい」

見送りに出た母に心配そうに問われ、兄は安心させるように己の胸を叩いた。

「大丈夫になるように、俺達がいるんだ。こういう時のために、俺は山内衆になったんだもんよ。若宮殿下も頑張ってくれているし、いずれちゃんと良くなるから、母ちゃん達は何も心配しないで待っててくれや」

じゃあ、とにっかり笑い、軽く手を振ってから兄は鳥形《ちょうけい》に転身し、暗雲に向けて飛び立って行った。

何か、良からぬことが起こっているのは明らかだったが、それを語りはしなかった。いつだって、どんなに大変な時もそうだったように、優しくて立派な態度のまま、中央へ戻っていったのだ。

そして――優しくて立派なまま、兄は死んだ。

一報は、中央からやって来た羽林天軍《うりんてんぐん》の兵によってもたらされた。

その時、みよしは母や叔母と厨《くりや》に立っていたので、報せを持って来た兵との間で、直接どんなやり取りがあったのかは分からない。ただ、踉踉《そうろう》とした足取りで次兄が厨に駆け込んで来るや否や、ぼんやりと「茂兄が死んだって」と呟《つぶや》いたのだ。

何を言われているのか、最初はよく分からなかった。

ぽかんとしているうちに、兄達と父は、取るものも取りあえずといった風情で中央へと発っていった。

――大兄ちゃんが死んだ？

どうして、と思うよりも先に、まず、それが誤報ではないかを真剣に疑った。村に残された者達はみんなそんな有様で、狐につままれたような顔をして、ただただいつも通りの家事をこなしたのだった。

だが、その知らせは誤報などではなく、最初の知らせがあった翌々日になって、長兄は無言の帰宅を果たしたのだった。

若宮殿下の警護中に雷に打たれたのだというが、詳しく何があったのかは教えてもらえなかった。

壮麗に着飾った兵によって、まるで貴人を輿で運ぶかのように恭《うやうや》しく運ばれて来たのは、このあたりの葬儀では見たこともない、金襴《きんらん》の布の懸けられた縦長の棺だった。

棺の中の遺体は、厳重に白い絹にくるまれていた。

絹の塊《かたまり》は記憶にある兄の体よりもずっと小さく、別人と間違えているのではないだろうかと、この期に及んでまだみよしは半信半疑だった。しかし、確かめようと手を伸ばすと、中央で絹の下をすでに目にしていた三番目の兄がそれを制止した。

「お前の記憶の中にある、大兄ちゃんを大切にしてやってくれ」

頼む、とそう言う彼のほうが今にも死にそうな顔色をしていたので、結局、みよしが直接長兄の遺体を目にすることはなかったのだった。

兄が死んだという実感がまるでないまま、葬儀は粛々《しゅくしゅく》と進んだ。

山内衆がお役目中に死んだというのは大変なことらしく、役所を挙げての盛大なものとなった。遠くの親戚や、普段偉ぶっているお役人などがお悔やみを言い、兄を「立派なひとだった」と口々にほめそやすのだ。

兄は、確かに立派なひとだった。だが、このひと達がそれを知っているとはとても思えず、思いやりに満ちた言葉をかけられる度に、なんだか違和感ばかりが強くなっていった。

「茂はよくやった。わしらが誇ってやらずして、何とする」

そう言いながら、あまりにも多くの弔辞を浴びせられた父は、一回り小さくなってしまったようにも見えた。気丈に振舞っていた母は、弔問の客が途切れる度、茫然とした面持ちを棺へと向けている。

「あんたのお兄さんは、山内のため、主君のために死んだんだ。武人として、これ以上ないくらい立派なことをしたんだから、妹のあんたがそんな顔してちゃいけないよ」

今まで数度しか会ったことのない遠い親戚の女から励まされるように言われた瞬間、突然、みよしは大声で叫びたくなった。

主君のために死ななくても、大兄ちゃんは立派なひとでした、と。

だが、そんなことを言えるはずもなく、無言で頭を下げるほかになかったのだった。


兄が死んでから、数か月が経った。

山神の怒りがようやく静まり、長年の懸案であった猿との戦いにも勝利したのだという吉報が、北領の辺境にもようやくもたらされた。

周囲は沸き返り、それからいくらもしないうちに、此度《こたび》の戦で没した兵の遺族に、若宮殿下から直接お言葉を賜《たまわ》る機会が与えられた。

若宮殿下の招待を受け、一家は中央に呼び出されることになったのだ。

役所が用意してくれたちゃんとした着物を身にまとい、街道から中央へと入る。恐る恐る足を踏み入れた中央は、大地震と猿の襲撃の傷跡は残れども、みよしの想像をはるかに超えるきらびやかさだった。

蛟《みずち》の曳く船に乗りながら、「いつかみよしに見せてやりたい」と言っていた兄を思い出し、こんな状況じゃなかったらきっととても楽しかっただろうにと口惜しく思った。

活気の戻り始めた中央城下から山の手を通り、ようやくたどり着いた大きな寺院が、若宮殿下との面会の場である。

寺院の講堂には、みよしの一家の他にも同じような遺族が大勢集められていた。

案内された席につくと、神官から丁重にお茶を供されたが、繊細で芸術品のような茶器で礼儀にかなった飲み方が出来るか自信がなく、結局、同じように目を白黒させている末の弟の手をぎゅっと握ることしか出来なかった。

遺族が全員揃って後、うやうやしいお触れの声と共にその人は姿を現した。

長兄が、命に代えて身を守った若宮、奈月彦《なづきひこ》さまだ。

若宮は、この世のものとも思えぬ美しいかんばせと、天の川のように輝く黒髪を持っていた。織目すら見えないようなつるりとした光沢の衣をまとったその姿は、神々しいと言うにふさわしい。

だが、彼《か》のひとは平伏《ひれふ》す人々の前に膝を突くと、一人ずつ声をかけて顔を上げさせては、一言一言、丁寧に礼と謝罪を繰り返し始めた。

「あなた方のご子息に、私は命を救われました。心より、御礼を申し上げます」

あなた方の息子のおかげで、山内は救われた。真の英雄はあなた方の息子であり、夫であり、兄であり、弟だ。

その口調に嘘や虚飾は感じられず、本心からそう思っていると伝わって来た。

みよしの一番近くにやって来た時、若宮の顔には悲しみの他に深い深い疲労が垣間見《かいまみ》え、このお方も人なのだな、と、控えているお付きの者にでも知られれば、不敬の罪に問われそうなことを思った。

父と若宮が会話するのをぼんやりと聞いていたみよしは、ふと、若宮の背後にぴたりと寄り添う、護衛とおぼしき八咫烏に目をとめた。

黒く艶めく鞘《さや》に金の飾りの太刀《たち》、赤い佩緒《はきお》にピカピカの金輪と、複雑な模様の彫られた飾り玉。

この人も山内衆か。大兄ちゃんと一緒に働いたこともあるのかな。

そう思い、何気なくその顔を見上げ、思わずひゅっと喉が鳴った。

そこに立っていたのは、他の誰でもない、雪哉だった。

こんなに近くにいたのに、今の今まで気付かなかった自分に驚き、次いで、これは気付かなくても仕方ない、と痺《しび》れたようになった頭で思い直す。

雪哉は、まるで別人だった。

ぞっとするような、冷たい目をしている。

何度も世話になった親友の家族を前にしても眉ひとつ動かさず、主君の涙の滲《にじ》むような言葉すら、全く聞いていないように見える。

無視しているというよりも、何もかもに興味を失ってしまったかのようだった。

「雪兄ちゃん」

小さな声を漏らすと、つと、青年はこちらを見た。

そしてそのまま、何の反応も示さず、彼は主君と一緒に隣の遺族のもとへと移っていった。

みよしは愕然《がくぜん》とした。

目を合わせないように、見ないようにしてくれていたほうが、まだいくらかましであった。

これまで、兄の死を知らされても、みよしはあまり悲しいと思わなかった。これは何かの手違いで、そのうち兄はひょっこり戻って来るのではないかと、半ば本気で考えていたのだ。

だが、これは駄目だ。

兄の友人に声をかけてもらえなかったという些細な出来事が、しかし、取返しがつかないほどの悲しみとなって、遠回しにみよしの背を打った。

――あの親切ではにかみやな少年も、兄と一緒に死んだのだと悟った。

「前を向かなきゃならん。茂のためにも……」

家に帰って来て言われた父の言葉に、みよしは到底頷くことが出来なかった。

若宮は遺族に出来得る限りの補償をすると約束したが、その言葉通り、間を置かずしてみよしの家には、莫大な恩給がもたらされた。しかし、触れることも躊躇われるような宝物は、かつてないほどの不和をもたらした。

その扱いをめぐり、家族の意見が真っ二つに分かれてしまったのだ。

すなわち——それを受け取るか、あるいは返上するか。

「こんなもの貰ったって、却《かえ》って身を滅ぼすんじゃないか。遠い親戚連中がはやくも前のめりになってるってのに、これ以上変な奴らがやって来たら堪《たま》らないぞ」

「でも、茂が残してくれたもんですよ。あの子なら、それでうまいものを食って元気になってくれと言うんじゃないかね」

「うまいものを食うどころの話じゃねえんだよ、叔母さん」

「どっちにしたって、受け取ったら今までの暮らしは出来なくなるぞ」

「いや、返されても、あっちだって困るだろ。せっかくなんだから有益に使わせてもらおうぜ」

「お前、大兄ちゃんの死を食い物にする気か！」

わあわあと紛糾する家族を前にして、みよしは弟と並び、部屋の隅で膝を抱えていた。

どうしてこんなことになってしまったんだろう。

いつもなら、家族みんなで夕飯を食べて、もうそろそろ寝ようかという時間帯だ。仲良しで、朗らかな、いつも通りの生活が、今はなんと遠いことか。

「このまま、もとには戻れないのかな……」

自分の呟きに、戻れないのだろうな、と漠然と思う。

——大兄ちゃんが帰って来ない限り、戻れるはずがないのだ。

堪らなくなって、膝の間に顔を押し込んだ。

「ねえちゃん……」

弱々しい声をかけ、弟がみよしの袖を引っ張る。

ごめん、と呟いてその手を握ると、弟は心配そうにみよしの顔を覗《のぞ》き込み、次いで、紛糾する大人達へと視線を移した。

話し合いはどんどん熱を帯び、徐々に罵《のの》り合いの様相を呈していく。ついに、それまで苦い顔をしてそれぞれの意見を聞いていた父が叫ぶに至った。

「お前達、もういいかげんにしろ。茂が今の家を見たら悲しむとは思わんのか！」

「思わないね！」

唐突に、高い声が割って入った。

声の主は、みよしの隣にいた末の弟であった。

不意を突かれ、みんなが言葉を呑み込む。

呆気にとられたみよしが止める間もなく、決然とした面持ちで大人達の間に割り込んだ弟は、急に羽衣《うえ》を解いて素っ裸になった。

「分かんないの？　大兄ちゃんは悲しんだりしない。そうじゃなくて、きっと困るよ！」

啞然とする大人達の真ん中で、ぴしゃりと尻を叩いてみせる。

「……そんで、腹踊りでも始めるんじゃない？」

言うや否やガニ股になり、その場でぴょんぴょんと飛び跳ね始める。

「うえええええぇ」

変な声を上げて白目を剝かれた暁《あかつき》には、全員、堪らず噴き出した。

「大兄ちゃんの得意技じゃないか！」

ひいひいと腹を抱えながら、次兄が叫ぶ。

「いや、ふんどしは着けてただろ」

「懐かしいな」

「雰囲気が悪くなると必ずあれをやられるから、結局いつもうやむやにされちまうんだ」

「まさか末っ子が引き継ぐとは思わなかった」

ひとしきり全員で声を上げて笑い――泣いた。

部屋の隅で、みよしも笑った。そして、笑いながら涙が止まらなくなっているのに気付いた祖母が、静かに近寄って来て、肩を抱いてくれた。

「ばあちゃん。だめだ、あたし。大兄ちゃんが困るって分かってても、前向きになんかなれんよ……」

祖母は、「前なんか向かんでいい」と力強く言い切った。

「大丈夫じゃ。そう思うのはな、お前の情が深いからじゃ。無理に思い切ろうなど思わんでいい。家族でも、それぞれ悲しみ方は違うでな」

小さな体を精一杯伸ばし、祖母はみよしを抱きしめた。

「でもな、悲しみ方は違えど、家族みんなが同じように茂のことを悼《いた》んどる。そのことだけはようよう承知しておくれ」

な、と赤ん坊をあやすような手つきで背を叩かれ、しゃくりあげる。

「うん……分かるよ。分かる」

——あたしだって、大兄ちゃんだったらあたしが元気ないのを見たら、きっと困ると思うもの。

祖母に抱きしめられながら、みよしは泣いた。腕を回し返した祖母の背にはごつごつと骨が浮き出ており、その震えは掌を通し、はっきりと伝わってきたのだった。

結局、恩給は一度受け取った上で、村全体で使い道を決めることになった。

話し合いの翌日、みよしは母と祖母と共に兄の墓へと向かった。先祖代々の墓地に不釣り合いな大仰さで聳《そび》え立っているそれには、たくさんの花が供えられている。

みよしも、自分で山から摘んできた白い百合を手向けた。

そうして、兄が死んで初めて、どこか静かな心持ちで手を合わせることが出来たのだった。

＊　＊　＊

「みよしちゃん、大きくなったね」

みよしを見つめていた雪哉が、不意にぽつりと呟いた。うっかり零《こぼ》れ落ちてしまった一言といった調子で、雪哉自身、自分の口にした言葉に狼狽しているようだった。

「いや、何言ってんだろう。すみません。中央でも一度お会いしているのに」

しどろもどろになっている雪哉に、ああ、この人も泣けたんだな、と思った。

昔の屈託のない笑顔の少年は死んでしまったけれど、それでも、そこに立っていた青年は雪哉に他ならなかった。

「よく来て下さいました。どうぞ、お入り下さいな」

「いえ。色々支度でお忙しいでしょうし、ここで失礼いたします。すでにあちらの官衙《かんが》に送ってありますが、お祝いの品をお届けに来たのです。金烏陛下と――その、自分からのものも少し」

「まあ！」

「ご結婚、心よりお慶び申し上げます」

明日、みよしは嫁に行く。

隣村の、働き者であると評判の青年との縁談である。兄とも付き合いがあったことから葬儀にやって来て、それが縁となってこういった次第となった。

「みよしさん。これまで不義理をして、申し訳ありませんでした」

そう言った雪哉は、気まずさを呑み込んで、覚悟の決まった顔をしていた。

「自分はこれから、より政《まつりごと》に関わる立場となります。今よりも、あなたや、あなたのご家族に出来ることはずっと増えるはずです。嫁ぎ先が落ち着いた頃にでも、一度、ご連絡頂けないでしょうか」

雪哉が中央で英雄と呼ばれ、国政に携わるという噂は北領の辺境まで聞こえてきていた。それを聞いた時には随分と遠い人になってしまったと思っていたが、そうではないのだと思い直す。

――遠い所に、近しい人が行くのだ。

しかし、雪哉からの申し出には困ってしまった。

「あの、せっかくですがあたしら、もう恩給は受け取ってます。それ以上のことをされてしまったら、えこひいきになってしまうので、よくないです」

中央で見た遺族のように、たくさんの八咫烏が自分達と同じように大切な人を失い、それでも山内で生きている。特別なことは何もなく、立場を利用してまで便宜をはかってもらう道理がないと思った。

「お気持ちだけ、頂きます」

だが、それを言われた雪哉は傷ついたような顔をした。

「お兄さまの代わりにならないとは重々承知しておりますが、せめて……」

「兄の代わりになって欲しいわけじゃありません！」

どんどん強張っていく顔に、みよしの中で焦りが募る。

雪哉は、まるで長兄が死んだのは自分のせいだと言わんばかりであった。

――自分達が家族を失ったと同時に、彼は親友を失った。

悲しみは同じではない。それぞれが受け止めるしかないということは分かっている。

だが、朝廷は生き馬の足を抜くような世界だという。そんな所に、こんな顔のまま彼を送り出したくはないと思うのに、うまく自分の言いたいことが伝えられないのが歯がゆかった。

「自分にして差し上げられることは、本当に何もないのでしょうか」

言い募る青年は、どこか必死だった。

「そう言ってもらえただけで十分なんです」

「それでは私の気が済みません」

「じゃあ代わりに、これからあなたが守る民草《たみくさ》の中に、あたしら家族がいるってことを、忘れないでいてもらえますか」

雪哉が、虚を衝かれた表情となる。みよしは真剣に続けた。

「大兄ちゃんは、あたしら家族や故郷を守りたいと言って、山内衆になりました。志平ばで死んでしまったけれど、雪兄ちゃんが守る人達の中にあたしらがいるのだと少しでも思ってくれるんなら、それはあたしにとって、大兄ちゃんが生きているのと同じことです」

一瞬、雪哉が泣くかと思った。耐え兼ねたかのように顔が歪み、ぐっと喉が鳴ったが、漏《も》れそうになった嗚咽《おえつ》を呑み込むのが分かった。

下を向いてから大きく息を吐き、ややあってパッと顔を上げる。

「お約束します。必ず山内を、あなた方が安心して、幸せに暮らせる、楽園のような場所にしてみせます」

きっと、茂さんもそう願ったでしょうからと、続けた声が震えていた。

うっかり涙が滲みそうになりながら、みよしはにっかりと笑った。

「はい！　ずっとずっと、信じております」

去り際、彼が深く頭を下げた瞬間、ふとその着物から白百合の香りが立った気がした。

さ百合花《ゆりばな》　ゆりも逢はむと思へこそ　今のまさかも愛《うるは》しみすれ

大伴家持　（『万葉集』巻第十八）

ふゆのこら

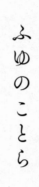

透き通った冬の蒼天《そうてん》に、鬨《とき》の声が吸い込まれていく。

空気はきんと冷たく、唇からは白い呼気《こき》が溢《あふ》れているが、体中の血は沸き立っていた。

市場からほど近い広野の一角で向かい合い、ぶつかり合った両陣営は、いずれも十五に届かない少年ばかりである。

味方は四人、敵は十人。

――上等だ。

雑魚《ざこ》ほど群れたがるものだ。全く負ける気がしなかった。

奇声を上げ、こちらにまっすぐに突っ込んで来たのは、先日喧嘩を売ってきた総大将だ。

「市柳《いちりゅう》！　さんざんでかい顔しやがって、今日という今日は容赦しねえ」

自分と同年代の割には大柄で太ってもいるが、常日頃、大人に混じって鍛錬している市柳にとっては大した問題ではない。

振り下ろされた棍棒を華麗によけると、鼻で笑って怒鳴り返した。

「でかい顔してんのはてめえの方だろうが。おウチ帰って鏡を見ろや不細工野郎」

「あんだと、てめえが言えた面《ツラ》かよコラァ」

「やんのかコラァア」

うおおお、と叫んで再び武器を振り上げた敵を嗤《わら》い、電光石火、市柳は相手のふところに勢いよく飛び込んだ。思いがけず接近され、目を大きく見開いたその顔に「馬鹿め」と呟《つぶや》く。

市柳はこぶしを鋭く振り上げると、たるんだ顎にガツンと一撃を食らわせた。

「よっちゃん」

周囲から悲鳴が上がる。

先ほどまで大口を叩いていた敵は、ぐらりと揺れ、白目を剝《む》いて昏倒《こんとう》した。

「よっちゃん、しっかりしろ、よっちゃん！」

「ちくしょう、覚えてやがれ」

首領を引きずり、尻尾を巻いて逃げ去る敵の姿を見送り、市柳はやれやれと溜息をついた。

「全く、たわいもない……」

そんな市柳を、わっと歓声を上げて舎弟《しゃてい》たちが取り囲む。

「さすが市柳！」

「今日も一発だったな」

「人数差があったんで、一時はどうなることかと思いましたけど」

おいおいおい、と市柳は眉根《まゆね》を寄せた。

「お前ら、あんな弱っちい奴らにびびっていたってのか？」

「だって、俺達の倍もいたんですよ」

「普通は勝てないッス」

「市柳が強すぎるんだよ」

「北領《ほくりょう》最強なんじゃないですか？」

「よせ。所詮、あいつらの実力がその程度だったというだけのこと……」

かっけえ、と賞賛の眼差しを向けられ、はっはっは、と笑ってそれに応《こた》える。

「いやまあ、北領最強っていう称号は、あながち間違いじゃないかもしれないけどね！」

＊　　＊　　＊

「調子に乗ってるんじゃねえぞ市柳！」

強烈な張り手をくらい、市柳の体は吹っ飛び、障子を桟《さん》ごとぶち抜いた。

「いってーな、何すんだよ兄ちゃん」

土間に転がり、ちょっと涙目になって頬を押さえる市柳の目の前には、怖い顔をした三人の大男が仁王立ちしている。

「いいかげん、ふらふらするのは止しなさい」

「他領の奴らとまで喧嘩しやがって」

「てめえには郷長《ごうちょう》一族としての自覚が足りねえ」

発言の順に、市柳の父、長兄、次兄である。

市柳の父は、山内《やまうち》は北領が風巻郷《しまきごう》を治める郷長である。

位階だけなら中央の高級貴族にも相当する父は、巌《いわお》のような体躯《たいく》と、微笑《ほほえ》みかけるだけで子どもが泣き出す強面《こわもて》を持った豪傑であった。

北領は、酒造と武人の地だ。

大きな田畑こそないが、綺麗な水を使った酒造りが非常に盛んである。また、どの村にも最低ひとつは道場があり、普段は畑を耕している農夫も、有事の時には兵と化す。半農半士が大半を占める土地柄だ。まさに歩く岩山、笑っても泣いても恐い顔にしかならない貴族らしからぬこの風体《ふうてい》も、この土地では大いに歓迎されていた。

そして、その父とよく似ている長兄と次兄もまた、郷民からの信頼は厚かった。長兄は郷長の跡継ぎとして既に真面目に働いているし、次兄は上級武官を養成する勁《けい》草院《そういん》を出た後、現在は中央で宗家近衛《このえ》の任を与えられている。

北領は人材を自領内で育てることに重きを置いており、腕に覚えがありさえすれば、ただの兵ではなく武官になる道が設けられている。その中でも特に優秀な者が行く場所こそ、勁草院なのである。

そんな兄二人に対し、未だ将来を決めかね、同じような年頃の郷民と徒党を組んで遊びまわっている問題児の末っ子が、市柳であった。

「お前も元服して将来を考える時期に来ているんだ。自分のことなのだから、少しは真剣に考えたらどうだ」

父親に低い声で諭《さと》され、市柳はむうっと口を尖《とが》らせる。

「放っといてくれよ。俺だって、色々考えているんだから」

本来なら、父や長兄の手伝いをするため郷吏《ごうり》を目指すか、次兄のように上級武官を目指すかしなければならないのだが、どうにも決めかねているのである。机仕事など真っ平ごめんであるが、かと言って、このまま次兄のあとを追うように勁草院に入らされるのも面白くなかった。

「親父に向かって随分偉そうな口だな。考えがあるってんなら聞かせてみろよ、ほら」

その場しのぎは許さねえぞ、と凄む次兄は、先ほど市柳を張り飛ばした張本人である。久しぶりに帰省したはいいが、市柳の喧嘩ばかりの素行を聞いて、頭に血が上ったらしかった。

だが市柳からすると、三兄弟の中でも特に柄の悪い次兄と同じ道を歩むのかと思うと、どうにも癪《しゃく》でその気になれないのだ。兄には、弟が将来を決めかねている元凶は自分なのだと自覚してほしいものである。

「ええと、まず、郷吏にはならない」

「だろうな」

お前にそんなおつむはない、と長兄におおまじめに断言されて腹が立ったが、あまり有効な反論が思い浮かばないので、それは甘んじて受け容れることにした。

「なら俺みたいに勁草院の峰入《みねい》りを目指すんだな？」

次兄に睨《にら》まれながら訊かれたが、これにも市柳は首を横に振った。

「いや、別に腕に覚えがあるからって、勁草院に行かなきゃ駄目っていうわけじゃないだろ」

「じゃあ、どうするつもりだ」

「さすらいの用心棒にでもなろうかなって」

それで、この地を守るのだ。守護神のように。

風巻の守護神、市柳。

うん。思いつきで言ったことだが、結構かっこいい気がする！

「お前……」

「本当に、感動するくらい馬鹿だな……」

兄二人に憐れむような眼で見られ、「なんだよ」と眉間《みけん》に皺《しわ》が寄る。

「兄ちゃん達は知らないだろうけど、これでも俺、『風巻の虎』って恐れられているんだからな！」

「くそだせえな」

「予言してやろう。十年後、お前は今の発言を心の底から後悔する。賭けてもいい。絶対だ」

何故か並々ならぬ力を込めて長兄に断言されたが、その後ろで父が感心したような声を上げた。

「なるほど。だからお前の羽織には、こんなものがいるんだな」

いつのまにか父は、市柳が家に帰って来て早々に脱ぎ捨てた長羽織を広げて眺めていた。

きらきらと金糸が織り込まれた黒地には、跳梁《ちょうりょう》する見事な虎と、揺れる柳が縫い取られている。

次兄は、うわあ、と仰《の》け反《ぞ》ってから、おっかなびっくり羽織に顔を近付けた。

「こんな悪趣味なもの、一体どこで手に入れてくるんだ……？」

「小遣いで端切《はぎ》れと糸を買ってきて、自分で縫っているみたいだぞ」

中々上手だ、という父の言葉に、二人の兄は顔色を失った。

「正気か。それは俺も知らなかった」

「そこまでする？　お裁縫って面かよ」

「うるせえなあ！　別にいいじゃねえか、誰にも迷惑かけてねえんだからよ」

立ち上がって父の手から長羽織を奪い返そうとした瞬間、「うるさいのはどっちだい」と、この日一番の怒号が上がった。

「表にまで聞こえているんだよ。その薄汚い口を今すぐ閉じな、このおたんこなすども！」

走りこんできた小柄な人影に、げえっ、と三兄弟の声が揃う。

「母ちゃん！」

市柳の叫びに、母は細い眉を吊り上げる。

「母上と呼びな」

わざわざ厨《くりや》からやって来たらしい母は、しゃもじで横殴りにするようにして市柳の頭を叩いた。

「全く、あんたときたら、なんでこう駄目駄目なんだろうね」

少しは垂氷《たるひ》の坊ちゃん方を見習いな、と嘆かれて、市柳は頭を押さえてもだえながらもカチンと来た。

隣り合う垂氷郷《たるひごう》の郷長家には、奇《く》しくも風巻郷と同じように、三人の息子達がいる。しかも、長男と次男は年子で、市柳とほぼ同年なのだ。立場も年齢もよく似た彼らと市柳は、何かにつけて比較されていた。

「いや、聞き捨てならねえな。坊ちゃん方ってのは何だよ。雪馬《ゆきま》はともかくとして、雪哉《ゆきや》よりは俺の方がはるかにマシだろ」

垂氷郷の跡取りである雪馬は、頭よし、見目よし、性格よしと、三拍子揃った俊英である。しかも年二回、北領の領主の前で行われる御前試合においても悪くない成績を収めているので、市柳としても彼が優秀であるという点について否やを唱えるつもりはない。

だが問題は、雪馬のすぐ下の弟、雪哉である。

奴は兄とは真逆で、頭の出来は悪い、見た目もよくはない、とんでもない意気地なしという出来損ないだった。試合でも、手合わせが始まると同時に半泣きになって順刀《しない》を放り出すものだから、雪哉の相手はほとんど不戦勝のようなものとして見られている。

市柳は、自分のことを勉学こそあまり得意ではないが、見た目は決して悪くないし、性格だって男気があるし、何より腕っ節は身分を問わず最強だと自負している。

雪馬はともかく、雪哉と比べて劣っていると思われるのはどうにも許容出来なかった。

「こないだだって問題を起こしていたし。どう考えたって俺のがまともじゃないか」

新年の挨拶のため、北領領主の本邸に出向いた時のことだ。どうもよくない相手と喧嘩をして大敗を喫したらしく、領主に呆れられたと噂に聞いていた。

「いや、それだけど。垂氷の次男な、あの後、中央で宮仕《みやづか》えが決まったぞ」

「はあ？」

長兄の言葉に、思わず素っ頓狂な声が飛び出た。

「え、あ、どうして？　宮仕えってのは何だよ」

「春から、若宮《わかみや》殿下の側仕えになるらしい」

「若宮殿下の側仕え……」

阿呆のように鸚鵡《おうむ》返しにしてしまう。

若宮は日嗣《ひつぎ》の御子《みこ》の座についており、いずれはこの山内の地を統《す》べるお方である。しばらくは外界《がいかい》に遊学していたが、先ごろ帰還し、そろそろ有力貴族の四家から正室を選ぶ登殿《とうでん》の儀《ぎ》が始まるはずであった。

そんな山内きっての貴人の側仕えともなれば、雪哉の将来は約束されたも同然である。てっきり、雪哉はこのまま垂氷の冷や飯食いに甘んじるものと思っていた市柳からすれば、青天の霹靂《へきれき》であった。

「なんだかんだ言って、ちゃんとしているのよ。それに比べてあんたときたら」

母に盛大に舌打ちされ、いやいや、と叫ぶ。

「おかしいだろ！　いきなり、どうして雪哉が？」

「ああ見えて、垂氷の次男坊もお前より色々考えていたってことだろ」

次兄に鼻で笑われ、まさかと叫ぶ。

「適当なこと言うなよ。あいつがそんなこと考えられるもんか。俺の方が強いし、多分、俺のほうがずっと賢いよ」

「お前、よくもまあそれだけ自分に自信を持てるよな」

ある意味感心するわ、と次兄が呆れたように言う傍らで、長兄が苦笑した。

「あそこの次男だけ母親が違うからな。そっちの関係でお口添えがあったってことだろ」

初耳の話に、市柳は目を丸くした。

「そうなの？」

「詳しくは知らないけど、色々あったみたいだぞ。今はもう亡くなっているが、次男君の母親のほうが、今の正室さんよりずっと身分が高かったらしい」

「それだけで、あいつの将来が決まっちゃうわけ」

――自分より劣ったあいつが、血だけを理由に一気に取り立てられる?

「そんなのずるいだろ」

思わず顔をしかめて言うと、それまで黙っていた父が「りゅうくん」と神妙な顔で呼びかけてきた。

「他人のことをどうこう言う前に、お前はまず、自分も郷長家の一員なのだという自覚を持ちなさい。貴族としての振る舞いを身に付けなければ、宮仕えなど夢のまた夢だぞ」

「うちがお貴族さまって柄かよ。父ちゃん、この郷長屋敷が郷民から何て呼ばれているか知らねえの?」

山城の雰囲気と相まって、「山賊の根城」という愛称を頂戴しているのだ。

それを聞いた父は、岩が堆積しているようにしか見えない顔をぽっと赤黒く染めて、隣の妻のほうを向いた。

「そりゃ、お前……。忍《しのぶ》さんが美人だから言われるのに違いないな。山賊にかどわかされたお姫さまにしか見えんもんなあ」

「いやだよアンタ。子ども達の前で何言ってるんだい」

「だって本当のことだから」

真っ赤になって恥じらう母と父を前に、一瞬にして三兄弟の空気がしらけたものに変わる。

うわ、出たよ。

やってられねえ。

いい年して何をやってんだ。

三兄弟の心は一つになったが、父が一度惚気《のろけ》始めると、ひたすら終わるのを待つしかない。

母の忍は、もとは貴族の生まれですらなく、武術大会で並み居る敵をなぎ倒し、郷長家の正妻の座を腕力で勝ち取った女武芸者である。現在でも、図体の大きい息子達を片手であしらい、風巻の郷長屋敷で最強を誇っている。

小柄で目つきが悪くて罵倒《ばとう》の切れ味鋭い母は、身内の贔屓目《ひいきめ》を最大限に活用したとしても十人並みの容姿である。お姫さまどころか女盗賊もいいところなのだが、何故か父の目には絶世の美姫に見えているらしかった。

ひとしきり妻といちゃいちゃした父は、息子達の眼差しに気付くと、こほん、と空咳《からぜき》をした。

「ともかくだ。お前がなりたいと言ったのは、さすらいの用心棒だったか？　お父さんは、お前が本気でそれになりたいのだと言うならば反対はせんぞ。出来る限りの協力だってするつもりだ」

「ほんとに？」

だがな、と即座に続けた父の態度は、母に相対《あいたい》していた時とは別人のように威厳があった。

「今のお前は、全く本気などではないだろう。適当なことを言っているうちは、お父さんは持てる力の全てを以って、お前の世迷《よま》いごとを叩き潰すからな」

真剣な言葉を、流石《さすが》に茶化すことは出来なかった。

「勁草院を目指すのならば、そろそろ本格的に峰入りの準備をせねばならん。真剣に己の将来を考えなさい」

いいね、と念を押す父の両側には、腕を組んでこちらを睨みつける母と、恐い顔をしている二人の兄がいる。

冷たい土間で正座した市柳は、釈然としない思いを抱えながらも、「ハイ」と答えるしかなかったのだった。

＊　＊　＊

毎年二回、祈年祭《としごいのまつり》と新嘗祭《にいなめのまつり》に先駆けて、北領で一番大きな寺院において、大規模な武術大会が開かれる。

北領の各地から、腕に覚えのある成人前の少年達が集められ、その中でこれはという子どもに祭り当日に奉納試合をさせるのだ。勁草院への峰入りを目指す平民の少年達にとっては、自分の力を有力者に訴えるための良い機会であり、勁草院からも何人かの教官が見に来ている。

そして、北領の武家に生まれ育った子らにとっては、叩き込まれた武術を披露するまたとない機会でもあった。

空には雲ひとつなく、寺院の軒先に吊るされた幕が華やかに翻《ひるがえ》っている。暦の上では明日にも春を迎えるというのに、相変わらず空気は冷たく、人々の呼気は白くけぶっていた。

事前にきちんと温めておかねば、うまく体が動かなくなるような寒さであるが、普段から寒空の下を喧嘩して回っている市柳からすれば、いつものことである。

寒そうにしている見物客の前で、華麗に、見事に、危なげなく勝ちを決めていった。

「一本、白！」

わっと盛り上がる観客に向け、市柳は高々と順刀を掲げて見せる。

三試合目において対戦し、市柳が見事に勝利を収めたのは、さんざん家族から見習えと言って聞かされた垂氷の雪馬であった。

「相変わらず強いな、市柳」

互いに礼をし終わった後、にこやかに話しかけて来たのは雪馬のほうである。

頬は上気し、髪も少し乱れているが、その表情には屈託がなく、育ちのよさが表れていた。綺麗な顔立ちをしていることもあり、きゃあきゃあと小うるさい女達が集まっていたので、そんな奴らの目の前で一本勝ちを決められたのはとてつもなく気持ちがよかった。

「まあな。これでも『風巻の虎』と呼ばれているものでね」

「市柳のそういうところ、俺は嫌いじゃないぞ」

真似したいとは思わないけど、と笑いながら言われ、どういうことかとも思ったが、聞き返す前にひらりと手を振られた。

「次、弟の試合だから」

またな、と駆けていく後姿まで爽やかな男である。

「負けたのにかっこいいっスね」

「さすが、未来の郷長さんだなあ……」

思わず振り返ると、普段から一緒につるんでいる友人達がいた。この二人も試合に参加していたが、早々に負けてから市柳の応援に回っているのである。両親も長兄も、今は上座の領主の近くにいるはずなので、そばで市柳を応援してくれているのは、この二人だけであった。

「勝ったのは俺だけど」

飛び出た声は、自分でも思いがけず平坦なものだった。

「いや、勿論《もちろん》一番かっこいいのは市柳さんですよ」

「そう拗《す》ねんなって」

「拗ねてなんかいませんけど」

先ほどまでの高揚感は、嘘のように消えてしまっている。

慌ててとりなそうとする友人達を従えたまま、無言でずんずん歩いて行く先は、雪馬が向かった試合場である。

境内《けいだい》の一角の人波の中、白線で四角に囲まれた試合場で、そいつは対戦相手と礼を交わしているところであった。

いかにも自信がなさそうな顔をしたそいつこそ、垂氷の出来損ないの次男坊こと、雪哉であった。

ふわふわとした癖っ毛に、赤い鉢巻を巻いている。年の割に体格も悪く、雪馬と違い、顔立ちも整っているとは言いがたい。

頑張れ雪哉兄《にい》、と試合場のすぐ横で声を張り上げている小さい子どもは、垂氷の三男だろう。その隣には、先ほどまで自分と戦っていた雪馬が、どこか不安そうに弟を見守っている。

「はじめ！」

審判の声と同時に、対戦相手の白鉢巻が気合の声を上げる。それにびくりと体を震わせた雪哉の剣先が、不安定に上下した。

ああ、あれじゃ駄目だな。

市柳がそう思う間もあればこそ、白鉢巻は即座に打ちかかっていき、雪哉はあろうことか、ぎゅっと目をつぶってしまった。

案の定、勝負はその一瞬でついた。

「……あんな奴が若宮殿下の側仕えなんて、世も末ってもんだな」

兄弟に慰められている姿を見るにつけ、どうにもならない苛々《いらいら》が募る。

ついつい愚痴っぽくなった市柳の言葉に、友人達があからさまに食いついた。

「あいつより、市柳さんの方がずっとふさわしいと思いますよ」

「お兄さんの方ならともかく、あれじゃ北領の面汚《つらよご》しになりかねねえもんな」

だよなあ、と市柳は心からそれに同意した。

雪哉が中央で宮仕えするということは、試合場に来てからも盛んに噂されていた。

そこで新たに聞いた話からすると、どうも、もともと若宮の側仕えになる予定だったのは他の貴族だったらしい。だが、そいつは平民と勘違いして雪哉と喧嘩し、おまけに怪我をさせてしまい、その罰でお役目を譲る羽目になったのだという。

平民だからと言って怪我をさせていいという道理は全くないし、その貴族は罰を受けてしかるべきだと市柳は思う。だが、雪哉を貴族ではないと勘違いするのも無理はないし、結局、雪哉の方が血筋が良かっただけで結末が全く異なってしまったというのは、なんとも気持ちの悪い話だと思った。

「でも、もしそうなると分かって貴族に喧嘩をふっかけたんだとしたら、あいつ、相当な策士だよな」

「怖いこと言うなあ」

「力はない分、頭を使って、とかさ。貴族にありがちな話だろ？」

友人達の言葉を、市柳は鼻で笑う。

「雪哉にそんな頭あるかよ。単に、運が良かっただけだろう」

友人達は、どうやら地方貴族に対して過剰な夢を抱いているらしい。そうかなあ、案外分かってやっているかもしれねえじゃんと好き勝手なことを言う。

市柳は、竹筒から水を飲みながら試合場を去っていく雪哉をちらりと見た。

「あいつ、母親の身分が高いらしいからな。もし、計算でそういうことが出来る奴なら、雪馬を追い落として自分が次の郷長になるくらいのことするんじゃねえの」

あり得ない話だけど、と市柳は吐き捨てる。

「血筋だけで全部上手くいったら、俺達は真面目になんかやってられねえよな」

市柳は大会において、三番手につける成績を収めた。今年、勁草院へ入峰《にゅうぶ》する見込みの者も参加した中では、結構な好成績と言えるだろう。

一番になれなかったのは残念だが、奉納試合に出なくてもいいという意味では、三番手は最も気安くて望ましい結果とも言える。試合さえ終わってしまえば、あとは祭りの間、北領で一番大きな町で遊びまわって帰るだけなのだ。

北領において、冬場に仕込んだ冬酒《ふゆざけ》が最初に出回るのが祈年祭《としごいのまつり》である。明日になれば新しい酒が出回るというこの日、晩秋に造った秋酒《あきざけ》があちこちで振舞われ、寺院前の参《さん》道《どう》ではたくさんの出店が肴《さかな》を売り出すのだ。

試合の合間にちょっと覗《のぞ》いただけでも、玉にした蒟蒻《こんにゃく》を甘辛く煮る大鍋から醬油の焦げる香りがぷんぷん漂い、味噌を塗って焼いた鶏の串焼きからは金色の脂《あぶら》がとめどなく垂れていた。

＊　＊　＊

今日の夜はあちこち食べ歩こうと考えながら、市柳が上機嫌で道着を脱ごうとした時だった。

「あのう、市柳さん？」

振り返って、思わず顔が引きつった。

見下ろす位置にある、茶色っぽい癖っ毛。上目遣いでこちらを見る小柄な少年。

そこに立っていたのは、垂氷の雪哉であった。

小さい頃から、領主の本邸の集まりなどでは時々一緒に遊んだ仲である。だが、今となってみれば、親しくしたいと思える相手ではなかった。

何の用かは知らないが、適当にあしらってさっさと遊びに行こうと思ったのだが、雪哉から告げられた言葉は、思いもよらないものであった。

「手ほどき？　俺がお前に？」

「はい。僕、今日も全部の試合で負けてしまって……」

塩茹でした菜っ葉のように萎《しお》れて雪哉は言う。

「流石に、このままではちょっとまずいなと思って。どうか、市柳さんにご助言頂きたいんです」

「なんでまた俺に。お前、もうすぐ中央に行くんだろ。見かねた垂氷の奴らが教えてくれるんじゃねえの」

何とも皮肉っぽい言い方になってしまったが、雪哉はそれには気付かぬ様子で「いいえ！」と元気いっぱいに答えた。

「是非、市柳さんに教えて欲しいんです。垂氷のお師匠さま達はもうご年配なので……

年が近くて強い方のほうが、きっと有益なお話が聞けるはずです。それに今日の市柳さん、とっても格好良かったですから」

「そ、そうか？」

憧れちゃいます、と尊敬の眼差しを向けられて、決して悪い気はしない。

「お願いします。この後、少しだけで構わないので」

まあ確かに、雪哉自身は悪いことをしていないのに、少しやっかみ過ぎた気がしなくもない。殊勝に教えを請いに来るとは、可愛いところもあるものだと思った。

ちらりと窓の外を見れば、格子のむこうは赤く染まっている。

友人達は先に神楽《かぐら》を見に行くと言っていたから、合流するまでにはまだ少し時間があった。

「そこまで言うなら、軽く教えてやってもいいかな」

「本当ですか」

実はもう、道場は借りてあるんです、と雪哉は無邪気にはしゃぐ。

連れて来られたのは、昼間、参加者達が控え室に利用していた小講堂であった。たむろしていた者たちはとっくに外に出たようで、日中はあれほどいた人影はひとつとして見当たらない。

「今日のような大きな試合には使われないようですが、普段は練習用の道場なのだそうです。個人的に練習したいと申し上げたら、好きに使って構わないと」

そう言った雪哉は、部屋の隅にある燭台《しょくだい》に明かりを点《つ》けてから入り口に戻り、両手で丁寧に引き戸を閉めた。

よく蠟《ろう》の塗られた戸はつかえることなく動き、パシン、と軽やかな音を立てる。

「さて……」

くるりと振り返った顔には、横からの細い炎の光に照らされた、屈託のない笑みが白く浮かび上がっていた。

「ご指導、よろしくお願いいたしますね」

「おうよ」

気軽に言い、講堂の隅に並べられた順刀から、なるべく状態の良いものを選ぶ。審判はいないが、師匠との地稽古のように、手合わせのような形でその都度《つど》気付いたことを言ってやればいいだろう。

開始線に立ち、頭を下げる。

「よろしくお願いします」

「お願いします」

そして、順刀を構えた。

——何か変だと気付くのに、そう時間はかからなかった。

足が伴ってねえぞ、姿勢が悪い、と声を掛けながら一合《いちごう》、二合と打ちあった時、最初の違和感を覚えた。

雪哉は弱々しく体を小さく縮めるようにして順刀を構え、全く手元が堅いようには見えない。それなのに、隙だらけだと思って打ち込むと、その割に打突《だとつ》が全く入らないのだ。市柳が打ち込む度に、「ひええ」とか「うわあ」とか情けない声を上げているくせに、払う、受けるの動作に危なげがない。

あれ、と思って一度引き、まじまじと様子を見ても、雪哉は怯《おび》えたようにこちらを窺《うかが》うのみだ。

「……どうした。自分から打ち込んで来いよ」

挑発すると、困った顔でへろへろと打ち込んできた。うまくそれを返して即座に突き込むも、ひょい、とかわされて剣先が空を切る。

一瞬、呆然となった。

今、自分は結構、本気で打ち込むつもりだったのに。

雪哉は相変わらず、情けない顔でこちらを見ている。そして、どうしたんですか、とでも言うように首をかしげた。

その目がどうにも、怪しく光って見えた。

市柳は憤然と息を吐くと、今度は一切の油断なく、裂帛《れっぱく》の気合と共に打ちかかった。

市柳の態度が変わったとみるや、すっと雪哉の姿勢が伸びる。体から余分な力が抜け、重心が定まり、足捌《あしさば》きが一気に滑らかになる。

もう、こちらを見上げる表情に、怯えは微塵《みじん》も見えなかった。

こいつ――と、頭に血が上る。

市柳は全力で打ち込み、叩き、突くが、いずれも軽やかに払われ、流され、かわされる。

こちらは本気で一本を取ろうとしているのに、あちらには何も届かない。しかも奴は、防ぐのに終始し、全く反撃しようとしないのだ。

どんどん息が上がり、徐々に、腕が重くなっていく。

口の中に血の味がして、視界がにじみ、汗が目に入ったのだと分かった。

とうとう、渾身の力で振り下ろした一刀をがっつり受け止められて、動きが止まった。

「もう終わりですか？」

鍔迫《つばぜ》り合《あ》いになっているのに、そう言う雪哉は顔も声も涼しい。

「僕に手ほどきしてくれるんでしょう？　はやく、次を教えてくださいよ」

ぶるぶる腕が震え、押されていく。

雪哉の目は、いつの間にか先ほどとは別人のように冷ややかなものとなっていた。

「ほら……早くしろって言ってんだよ！」

その瞬間、目の前の雪哉が消えた。

何が起こったのかわからないまま、足元に衝撃を受けてその場に転がる。

反射的に受身を取った市柳が目にしたのは、大上段に順刀を振り上げ、醜悪な笑みを満面に浮かべた雪哉の姿だった。

腕で顔を覆う間もあればこそ、次の瞬間には、まるで降り注ぐ霰《あられ》にさらされたかのように、冷たく感じるほどの鋭い衝撃と痛みが次々に襲い掛かってきた。

「ああ？　どうした市柳、これで終わりか」

悲鳴を上げて逃げようとするも、姿勢を変えた瞬間に勢いよく蹴り飛ばされる。

口ほどにもねえなあ、と笑いながら、雪哉は転がる市柳に対しても容赦なく追撃を加えてきた。バシバシバシバシと、あまりの速さに打撃の音が連なって聞こえるほどだ。

「わ、悪かった。俺が、お前を馬鹿にしたのを怒っているんだよな？」

やめろ、やめてくれ頼む、と何度も悲鳴をあげ、ようやくぴたりと雪哉は止まる。

それは謝るから、と半泣きになりながら言うと、「おや」と雪哉は目を丸くした。

「お前、僕のこと馬鹿にしてたの。そいつは初耳」

とんだ藪蛇《やぶへび》だった。

思わず白目を剝きそうになった市柳の襟をつかみ上げ、雪哉はせせら笑う。

「ま、おおかた想像はつくけどね。お前が僕をどう思おうが、別に知ったこっちゃねえけどさ――自分の立場を、良く考えてから口を開けよな」

「たちば……？」

「今日の試合場で、俺が将来、垂氷の郷長の座を乗っ取るはずだと言っただろう。俺の方が兄上より血筋が良いからと」

忘れたとは言わせねえぞ、と凄まれ、ひゅっと喉の奥が鳴った。

「いやいやいや、待て！　それは、そんなことあり得ないという前提でだな！」

うるせえ黙って聞け、と怒鳴られ、顔を殴られる。

「お前がどういうつもりだったかは関係なく、現に、そういう噂が会場でさんざん流れてんだよ。てめえの連れの二人組、ペラペラペラペラよく囀《さえず》るもんだなあ、オイ」

まさか、あの二人も同じような目にあわせたのかとぎょっとすれば、雪哉は「みくびるな」と吐き捨てた。

「彼らには懇切丁寧に、そういうことはないと説明してご理解頂きましたとも。僕が怒っているのは、彼らではなく、あんたですからね」

「じゃあ、なんで」

「自分が何者か、本当に自覚がないんだな」

心底呆れたように溜息をつき、雪哉は床に市柳を放り投げた。

「風巻郷、郷長家が三男坊、市柳――」

あんたはそれでも貴族なんですよ、と言いながら、雪哉は市柳を持ち上げる際に落とした順刀を拾った。

「本人は単なるやっかみのつもりでも、郷長一族の言葉となれば、それを聞いた奴は本気にする。郷長家の奴がいうのだから、きっとそうなんだろうってね。変な信憑性《しんぴょうせい》を持って、噂が一人歩きをする」

――他人のことをどうこう言う前に、お前はまず、自分も郷長家の一員なのだという自覚を持ちなさい。

脳裏に閃《ひらめ》いたのは、こちらを諭す、父の優しい声だった。

「僕だって、生まれひとつで何もかも変わっちゃうなんて馬鹿らしいと思っているさ。でも、それで受けた恩恵があるのは事実だし、少なくともお前よりは貴族が何かは分かってるつもりだ」

パシン、と手に順刀を打ち付けて、雪哉は汚物でも見下ろすかのような目でこちらを見た。

「貴族の受ける恩恵と責任は等価なんだ。あんたがその年まで働かずに済んで、北領全体で三番目になれるくらいみっちり稽古をつけてもらっているのは、地方貴族という身分にあるからだろう。それを忘れて、よくもまあ、僕の血ばっかり羨《うらや》むことが出来たもんだな」

それを聞かされるほうもさぞかし反吐《へど》が出ただろうよ、とそう言う雪哉に返す言葉がない。

「いいか、よく聞け市柳。僕は兄上の座を奪うつもりなど欠片《かけら》もないし、将来は勁草院にも、中央にもいかない。一生、兄上の下でひたすらに働くつもりだ」

これまで、僕がどれだけ心ない邪推に苦労したと思っていると、そう語る雪哉の顔はどこか苦しそうに歪んでいた。

「兄上を立て、そんな野心はないと公言して、やっと落ち着いてきたってのに……。ただでさえ僕の中央行きで不安定になっているところに、お前のいいかげんな一言をぶち込まれて、それも今日一日でパーになった」

「ご、ごめん――」

「別に、謝ってくれなくて結構ですから。ほら、立ってくださいよ市柳さん。僕に稽古つけてくれるんでしょ?」

言いながら、雪哉は順刀を一閃《いっせん》させる。

転がってそれを避け、這うように逃げる市柳を、雪哉はけらけら笑いながら悠然とした足取りで追って来る。

「蚯蚓《みみず》みたいに地面でのたくってないで、さっさと立てよ」

立てるものならな、と心底楽しそうに雪哉が叫んだ、その時だった。

「やめろ、雪哉！」

悲痛な声と同時に、閉め切られていた引き戸が開いた。現れた蒼白な顔の雪馬の前で、順刀を振り上げた状態で雪哉が固まった。

「兄上」

「もういいだろう。市柳だって、悪気があったわけじゃないんだから」

急いで、ここを探していたのだろうか。雪馬の額には汗が浮かび、肩が大きく上下していた。そんな兄を前にして、雪哉は少し考えるように視線をめぐらせると、ゆっくりと順刀を下ろした。

「それは、命令ですか？」

「何？」

「兄上の命令ならば、従います」

じっと見つめあう二人を、市柳は祈るような気持ちで見守る。しばしの後、雪馬は、どこか悲しそうに口を開いた。

「次期郷長である、僕の命令だ。やめなさい」

「分かりました」

順刀を放り出した雪哉は、そのままくるりと振り返ると、まるで屈託のない笑みを浮かべた。

「ないとは思いますが、もし垂氷に悪意ある行為を志すことがあるならば、十分にご注意下さいね。その時は、全身全霊をかけてこの僕が、あなたのお相手つかまつりますよ」

「ごめんな、市柳」

あいつも色々鬱屈《うっくつ》しているからと、去り際に囁《ささや》いた雪馬の声は、ずっと市柳の心に残った。

――でも、市柳も気を付けたほうがいいよ。俺達って、俺達だけの体じゃないから。

「好き勝手は出来ないってことだよなあ……」

いてて、と声を上げる。

市柳は昼間の試合のために残されていた傷薬を借り、講堂の広縁《ひろえん》で傷の手当をしていた。

間違いなくわざとだろうが、見事に、服の下に隠れる場所にしか打撃は与えられていなかった。自分とは全く違う方向ではあるが、明らかに慣れた手口である。

それだけでもこれまで垂氷の兄弟が辿《たど》って来た道が知れるようで、怖いとか、悔しいとかいう思いがある反面、なんだか可哀想な気もするのだった。

参道の方からは、賑やかな音楽と人の笑い声が聞こえている。

あいつがその気になれば、今日の試合だって順位は大いに変動したと思えば、浮かれて遊びに行く気もそがれてしまった。

「あああ、ちくしょう！」

叫んで、広縁で大の字になる。

喧嘩では容赦なく手が出るし、貴族らしからぬ罵倒は絶えない家族ではあるが、今更ながら、自分の家は本当に恵まれていたのだなと思う。

よし、勁草院へ行こう。

そうすれば、きっと家族は喜んでくれるはずだ。それにそうすることが、きっと雪哉の奴が言う「責任」を果たすことになるのだろう。

――それに、まあ、雪哉は勁草院には行かないって言っていたし。

とりあえず、『風巻の虎』を名乗るのはもう止めよう、と思った。

ちはやのだんまり

枯れたところのない瑞々しい苔の上に、色づいた楓《かえで》の葉が音もなく落ちるのが見えた。つくばいの水は澄み切っており、秋の気配の濃い植え込みの草木はしとやかに葉先を濡らしている。

大貴族西家《さいけ》の御曹司として生まれた明留《あける》をして、見事という他ない作庭である。

明留が腰を下ろしている畳は毛羽立ち一つなく、丁寧な所作で供された茶の香りもすばらしい。飴色に輝く柱には歴史が感じられ、調度品はすべて一級品で揃えられていた。

出来ればずっと見ていたいものだが、いつまでも現状から目をそらしているわけにもいかない。

嘆息したいのを我慢して無理やり視線を戻せば、周囲のしつらえの見事さを無に帰すほどに、四名しかいないはずの室内の空気は、どろどろに淀みきっていた。

まず問題なのは、明留の対面に座っている年若い男女だ。

やわらかく目を瞑《つむ》った可愛らしい少女のほうは、まだいい。身にまとう今様《いまよう》色の着物は高級ではないが、清潔に整えられている。そして満面に笑みを浮かべ、時折うっとりとした表情を隣席の若者に向けていた。

その若者と言えば、ふてくされたように明後日《あさって》のほうを向き、時折じろじろとぶしつけな視線をこちらに向けてくるばかりである。

むさくるしい体にまとっているのは粗末な衣で、ところどころがほつれてなんとも言えず見苦しい。髪は適当にくくっただけで、ひねくれた性根があらわになったような顔も心なし薄汚く見える。

どう見てもこの場にいることが不本意な様子であり、自分が部外者であることを考慮して極力地味にまとめてきた明留のほうが、はるかにまともな格好をしている。

この二人の温度差だけでも十分に不穏なのだが、この場において一番問題なのは、明留の隣に黙したまま座っている、少女の兄のほうであった。

余計な装飾のない黒一色の装束に、赤い佩緒《はきお》が巻かれた大きな太刀《たち》。

バリバリの戦装束《いくさしようぞく》である。

少女の兄こと、明留の数少ない友人でもある千早《ちはや》は、宗家《そうけ》の近衛《このえ》である山内衆《やまうちしゆう》の一員である。武人であることを考慮すれば確かに正装ではあるのだが、どう考えてもこの場にはふさわしくない。

しかも少女の目が不自由であるのをいいことに、こいつは真正面のぶしつけな若者に温度のない視線を向け続けているのだ。一応、太刀は利き手側に置かれてはいるものの、この男の腕にかかれば抜刀して目の前の男を切り刻むのに三秒もかからないことは容易に想像がついた。

当然、若者と千早の間に流れる空気は和やかとはかけ離れたものとなっている。

席についてから今に至るまで、この場にいる全員が誰かが口火を切るのを待ち続け、どす黒い沈黙が室内を支配していた。

だがまあ、仕方ない、と明留は思う。

年頃の大切な妹が、将来を考える相手としてこんなふざけた男を紹介してきたら、兄として殺気の一つや二つは出したくなるのも当然だった。

＊　＊　＊

先ごろ、この山内の地を統《す》べる金烏《きんう》に、長子となる姫宮がめでたく誕生した。

明留の姉である真赭《ますほ》の薄《すすき》はもともと皇后付きの女房《にょうぼう》であり、順風満帆とは言えない状況で出産を迎えた皇后のもとで、姫宮の養育係のような形におさまっている。

皇后は現在、政敵ののさばる宮中を離れ、薬草園に囲まれた紫苑寺《しおんじ》において姫宮の養育を行っていた。

娘の誕生を誰よりも喜んだ金烏陛下は足しげく姫宮のもとに通っており、その側近である明留も、このところ紫苑寺において姉と顔を突き合わせる機会が多かった。仲睦まじい主君夫婦とその愛娘を見守る一時は喜ばしいものであり、常であれば訪ねてきた男達を笑顔で出迎えてくれる姉であったが、その日はどうにも様子がおかしかった。

「ちょっとよろしいかしら」

どこか困ったように声をかけられたのは、金烏の護衛として来ていた千早である。

千早はもともと頭の出来も身体能力も抜群で、非常に優秀な護衛ではあるのだが、かなりの無口で、全くと言ってよいほどに愛想がなかった。

当初は人と喋るのが苦手なのかと思っていたが、付き合いが長くなるにつれ、ただ単に面倒くさがっているだけだと分かってきた。

千早は、貴族である明留には想像もつかないような過酷な幼少期を、目の悪い妹を守りながら生き抜いてきたらしい。そのせいか情緒の九割を妹に割いている節があり、妹に関わらないことは大抵どうでもよいと考えているようなのだ。

かつて明留を苦労知らずの坊《ぼん》とあざけっていた彼が、心を許してくれるきっかけとなったのも妹がらみである。花街《はなまち》に身売り同然の形で引き取られた彼女を、明留が大金を肩代わりしたことでようやくまともに話が出来るようになったのだ。

一方、妹の結《ゆい》といえば、目こそ不自由ではあったものの、素直な気質と楽才に恵まれた才媛である。琵琶《びわ》と歌唱を得意としており、今ではその道で身を立てることを目指して師匠のもとに通っている。少し前には、修業のため治安の悪い谷間《たにあい》に住みたいと言い出した結と、心配する千早の間で盛大な兄妹喧嘩まで勃発したのだ。二人だけではどうしようもなくなり、結の逗留先を都合することで仲裁して見せたのが真赭の薄であった。以来、明留の美しい姉は結の相談に乗ってやることもしばしばであり、千早は彼女に頭が上がらぬようであった。

主君夫婦が姫宮と戯《たわむ》れている間、真赭の薄は明留と千早を部屋の隅に呼び寄せ、温かい茶まで出してくれた。そして、いつもの晴れやかな笑顔とはまるで異なる、微妙にひきつった笑みを浮かべ、こう言い放ったのだ。

「どうもね、結にいい人が出来たみたいなの」

パキンと小気味のよい音を立てて、千早の持つ湯呑に罅《ひび》が入った。

「は、早くないですか……？」

咄嗟《とっさ》に出た明留の声は震えていた。正直、恐ろしくて隣を見ることが出来ない。

結が自立を目指し――しかも、「私も恋がしてみたい！」と無邪気に言って――谷間に居を移したのは、たった半年前のことだ。

千早には口が裂けても言えないが、明留も結には浅からぬ縁を感じている。そのさっぱりとした気性が好ましく、妹のように感じることもしばしばであった。

いつかは見合い相手を見繕ってやらねばな、などと思ったこともあったのだが、まさかこんな簡単に「いい人」を連れてくるとは夢にも思っていなかった。自分でも衝撃を受けているのだから、いわんや千早をや、である。

「まあ、結はとってもいい子だから、全く不思議ではありませんけれど」

苦笑気味の姉に、明留は憤然と息巻いた。

「一体、どこのどいつですか。知り合ったきっかけは？」

「どうも、谷間の男の子らしいわ。お師匠さまのところへ行った帰りに声をかけられたのだそうよ」

「十中八九まっとうな男じゃない！」

悲鳴に近い声を上げた弟に、真赭の薄は眉を顰《ひそ》めた。

「谷間に住んでいるというだけで、そう決めつけるものではなくてよ」

「いや、しかしですね」

「お相手は存じ上げないけれど、少なくとも結はとても賢い子ですもの。あの子が好ましく思うくらいなのだから、何か魅力的なところがある殿方なのではないかしら」

あまりにまっとうな意見に、しかし明留は反発せずにはいられなかった。

「お言葉ですが、姉上だって結殿と同じ年の頃は陛下一筋だったじゃないですか。冷静だったとはとても思えませんが、結殿も今はそういった状態にあるのでは？」

小声で言ってちらりと視線を向けた先では、父親の顔をした金烏が熱心に姫宮をあやしている。

うっと言葉に詰まった真赭の薄は、かつて己が皇后になるものと疑っておらず、金烏は理想の男性に違いないと大いに夢を見ていたのである。挙句、金烏の一筋縄でいかない性格を知った後は愕然《がくぜん》として出家までしてしまったのだから、色恋沙汰に関しては全く説得力がないのだった。

「わたくしのことはどうでもいいでしょう。とにかく、結は一度、千早殿にその方を紹介したいと言っているの」

「も、もうそこまでの話になっているのですか」

「いずれ一緒になるつもりだから、今のうちにきちんと付き合いを認めて欲しいのだそうよ」

ちゃんとしているじゃない、と言い募る姉はどこか焦っているようだ。

結局その勢いに押される形で、次の千早の非番に顔合わせをすることが決まってしまったのだが、この間、千早は無表情のまま一言も発しようとしなかった。

普段から寡黙な男であるとはいえ、ここまで反応がないのは不気味である。

奇《く》しくも千早の休みを把握していた明留は、本人に代わって顔合わせの日時や場所を設定した挙句、そこに同席する羽目にまでなってしまったのだ。

でなければ、良くて約束をすっぽかすか、悪くて流血沙汰である。この男ならやりかねないと本気で危惧させるものがその時の千早にはあった。

そして明留が引きずり出す形で千早を連れて行った茶寮において、笑顔の結と一緒にやって来たのは、見目も態度も悪い若い男であったのだ。


ンン、とわざとらしく咳ばらいした明留は、意を決して口を開いた。

「ええと、まずは自己紹介をしたほうがよいのではないかな」

なるべく千早のほうを見ないようにして言うと、男は「誰アンタ」とひどく嫌そうに言い放った。

「誰あんた、とは、随分な言い草だな」

思わずムッとした明留をとりなしたのは、けなげな結であった。

「すみません明留兄さん。こういったところは初めてなので、少し緊張しているんです。本日は兄を連れて来て頂いて本当にありがとうございます」

明留が何も言わずとも大体のことの次第を察したらしいのが、流石《さすが》は千早の妹である。

「では、改めて私から紹介させて頂きますね。シンさん、こちら、私の恩人である西家の明留さんよ。私が今こうしていられるのも、明留さんのおかげなの。兄さん、明留さん、こちら、私がお付き合いさせて頂いているシンさんです」

とっても優しいひとです、と嬉しそうに紹介されたシンは「うっす」と呟《つぶや》き、いかにも渋々といった様子で不自然に頭をかしげた。

これで挨拶のつもりなら、いっそお笑い種である。

この時点で既に明留の中で「シンさん」の評価は最底辺まで落ち込んだのであるが、ひとまずは話を聞かなければならない。

「シン殿のほうから、結殿に話しかけたのが知り合ったきっかけだそうだな」

「うっす……」

ぶっきらぼうに言って黙り込んでしまったシンに、結が説明を加える。

「あのですね、知り合ったのは雨の後だったんです。水たまりがあったのに私ったら気付かなくて、わざわざ注意してくれたんですよ」

とっても優しいんですと結は言うが、さっきから「優しい」以外の誉め言葉がないのが気になった。

「ちなみに、シン殿は何のお仕事を？」

「や、適当に」

「シンさんはちゃんと働いていますよ！　谷間で門番をしているんです」

「へえ、そう。ちゃんと門番を……適当に……」

聞けば聞くほど、結が庇《かば》えば庇うほど、シンの印象が悪くなっていく。

このままではまずい。決めつけはよくないと姉に言われたばかりなのに。

「うん。まあ、結殿が、シン殿の優しいところが好きというのはよく分かった。逆に、シン殿は結殿のどこを好ましいと思われたのかな？」

「はあ、声っすね」

「声」

「あと顔」

「顔」

結は褒められたと思ったのか「シンさんったら」と頬を染めている。が、明留は全く笑えなかった。

「ちょっと待ってくれ。では、結ちゃんより声がよくて、見目のよい娘がいたら浮気するのか？」

思わず明留の声が低くなると、シンもあからさまに顔をしかめた。

「はあ？　別に、そうは言ってないですけど」

「そう言っているも同然ではないか」

「俺は、単に結のいいところを言っただけです。それをそんな風に捉えるなんて、アンタ、相当歪んでんな。性格悪いって言われねえ？」

シンさん、と結が咎《とが》めるような声を上げたが、シンの口は止まらなかった。

「大体、そっちの人はともかく、アンタは結の家族ってわけでもないんだろ。アンタに口出しされる筋合いなんかないし、俺は結と勝手に幸せになるんで」

「貴様、よくも勝手なことを申せたな！」

「二人とも、やめてください。お願いだから落ち着いて。ね？」

どんどん険悪になる雰囲気に、結が慌てて間に入ってきた。

「明留兄さん、失礼を申し上げてすみません。でも、こう見えてシンさんはきちんと私を大切にしてくれているんです。ご心配には及びません」

「しかし」

「もちろん、私を案じて下さっているのは十分に伝わっています。本当に、いつも気にかけて頂きありがとうございます」

にっこりと微笑んだ結はしかし、次の瞬間、すっと声の温度をなくした。

「今、話をややこしくしているのは、明留さんでもシンさんでもありません」

そして、可愛らしく首を傾げる。

「兄さんは、どうして何もおっしゃらないのかしら」

表情こそ笑顔だが、その声色には半年前の大喧嘩を彷彿《ほうふつ》とさせるものがあった。明留はヤバイ、と唾を呑んだが、名指しされた千早はそれを無視した。

結の笑顔が消えた。

「何かおっしゃりたいことがあるなら、自分のお口を使って下さいな。お互いを知るためにこの席を設けてもらったのに、これじゃ何の意味もないじゃない。明留兄さんに言いにくいことばかり代弁させて、恥ずかしくないの？」

千早は何も言い返さず、結の言葉ばかりがだんだんと冷たくなっていく。

「そうやって不機嫌な顔をしていれば、周囲が自分の気持ちを察して動いてくれると思っているのね？　子どもじゃないんだから、黙ってばかりいるのは卑怯だと思うけれど」

「ゆ、結殿」

なかなかに辛辣《しんらつ》な言葉に明留のほうがひやひやしたが、それでも千早は無言のままだ。

「いいかげん、何とかおっしゃったら」

鋭く結が言い放った後、室内に先ほどとは別種の緊張感ある沈黙が落ちた。

結の剣幕に押されたのか、シンも大人しく千早の返答を待っている。

――だが、それでもやはり、千早は何も言わない。

むっつりと押し黙ったまま、結から視線をそらして明後日の方向を睨《にら》み続けている。

この期に及んで貝のごとく口を閉ざす友人に、信じられん本気かこいつ、と明留は呆れを超えて尊敬の念さえ覚えた。

「そう……」

そんな馬鹿馬鹿しくも重苦しい静けさを破ったのは、結の諦めまじりのため息であった。

「もう、結構です。私だけしゃべってばかりで、馬鹿みたい」

結は慣れた動作で杖に手を伸ばし、立ち上がった。

「明留兄さん。せっかくご足労頂いたのに、申し訳ありません。兄がこれでは、これ以上こうしていても仕方ありませんので、今日のところは失礼いたします」

「結殿！」

「行きましょう、シンさん」

まるで見えているかのような確かな足どりで出ていった結の後を、シンが慌てて追っていく。

＊　　＊　　＊

未だ湯気が立っている茶ばかりが四つ並んだ部屋に、独り身の男二人だけが残された。

「生まれや育ちで人をどうこう言うのは違うと学びました。その上で言います。あの男、とんだ糞野郎ですよ」

西家の朝宅《ちょうたく》に戻ると、顔合わせの内容が心配だったのか、すでに姉が待ち構えていた。気を利かせて茶菓を用意してくれていたので、盛りを迎えた紅葉を眺めるため母屋の濡縁《ぬれえん》に腰を据え、ありがたく頂くことにした。

だが、開口一番に明留がシンをこき下ろすと、「わたくしが行ったほうが良かったかしら」と呆れたように言われてしまった。

「いや、ひとまず私の話を聞いて下さい。顔合わせの後、結の世話になっている置屋に行ったんです。シンとやらの評判を聞こうと思いまして」

それがまあ、酷いものだったのだ。

元々、谷間は朝廷の支配から逃れた脛《すね》に傷を持つ破落戸《ごろつき》が多くのさばる場所だ。

シンはもともと捨て子だったらしく、生まれも育ちも谷間という、生粋の不良であるらしかった。とはいえ、それゆえに谷間を治める親分衆が後見のような役目を果たしており、衣食住の代わりに、置屋や女郎宿の門番もどきの役割を与えられているのだという。

そこまでは明留も理解出来る。

谷間には谷間の規律があり、そういった孤児の面倒を朝廷が完璧に見られない以上、彼らを蔑《さげす》んだりするのは違うだろうと考えるようになっていた。

「でもですね、その谷間の基準ですら、奴はろくに働いていないんです。門番の役目を投げ出してしょっちゅう姿を消すので、折檻《せっかん》を受けることもしばしばだそうです。しかもですね、しかも、その、結の逗留先で聞いてみたら、どうやらあいつ、夜に結ちゃんを連れ出していたそうで……」

「まあ」

口元に手をやった真赭の薄を前に、明留は崩れ落ちて簀子《すのこ》を拳で叩いた。

「くそったれ！　筋も何もあったもんじゃない。あんな男に結ちゃんを？　冗談じゃありませんよ。あんな軽佻浮薄《けいちょうふはく》な男に嫁にやるため、僕は結ちゃんを助けたわけではありませんよ」

「そうねえ」

「彼女は目こそ不自由ですが、賢く気立てのよい娘です。焦る必要は何一つありません。あんな糞野郎よりもまともな男は他にいくらでもいるはずです」

カッカと息巻く明留の言葉を困った顔で聞いていた真赭の薄は、しかしそこで聞き捨てならぬといったように嘴《くち》を挟んだ。

「他にいくらでもと言うけれど、では、その殿方はどこにいらっしゃるのかしら」

「はい？」

「あなたが探してきて、あなたがシン殿を気に入らないからこっちの男の妻になれと結ちゃんに迫るの？　結本人はシン殿がよいと言っているのに、そのどこの誰とも知らない殿方の気持ちも無視して？」

「それは……」

からかうような口調で諭《さと》されて、明留は返答に窮した。

「あなたが結ちゃんを幸せにしてあげられるわけではないのですから、適当なことを言うものではなくてよ」

「それは、確かにそうかもしれませんが」

まっとうでない男に嫁いで、結が幸せになれるとは到底思えない。それを本人の責任と言って見過ごすのも、あまりに無責任だと明留は思った。

「姉上は、あいつに会ってないからそういうことをおっしゃるんですよ」

恨みがましく上目遣いになって見上げれば、姉は苦笑した。

「だって話を聞く限り、あなた達、全く冷静に話し合えていないのですもの。谷間の評判だって人伝てに聞いただけなのでしょう？　直接どういうことなのか聞いて、納得出来なければその時はじめて反対すればいいのよ。少なくとも、まっとうかそうでないか、一回会っただけで決めつけるのはまだ早いとわたくしは思いますわ」

何度か会ううちに好ましいところが見えてくることもあってよ、と、そう言う真赭の薄は妙にしょっぱい顔をしていた。

「それに、あの子達には家のしがらみもないのですもの。本人の気持ち以上に大事なことなどないのではなくて？」

「……姉上、随分とお変わりになりましたね」

昔だったら、今の段階で最も反対しそうなのが彼女であったのに、妙に達観してしまった気がする。

「心境が変化するような出来事でもありましたか」

「そんなの、これまでにたくさんあったでしょう。一体何を勘ぐっているの」

「いえ、別に」

睨まれて、慌てて口を閉ざす。

最近、姉が平民階級出身のとある男への態度を軟化させていることには気付いていた。少し前まで、姉は彼を嫌っている風であったのに、何があったのか最近では二人でいる時の空気がぐっと打ち解けたものとなっていた。

明留個人は信頼に値する人物だと感じているが、彼は退役した傷痍兵《しょういへい》だ。それ以上の関係は家が許すとも思えないし、姉なりに思うところがあるのかもしれなかった。

「あなたの私見はよく分かったけれど、肝心の千早は何と言っているの」

「いや、あいつも僕と似たようなものというか、もっとずっと酷いですね」

掻《か》い摘《つま》んで千早の様子を説明すると、「千早殿にも困ったものね」と呆れられてしまった。

「でもですね、姉上は適当なことを言うなとおっしゃるかもしれませんが、その、正直あんなになるくらいならいっそ、千早が結を娶《めと》ればいいのに、などと僕は思うのですが……」

兄妹と言ってはいるが、その実、二人の間に血縁関係はない。

西家にかかれば戸籍の調整などすぐに出来るし、本人達さえその気ならば、そうするのが一番まっとうな道ではないかとずっと考えていたのだ。

「結は、千早を兄として慕っているというのにですか？」

ところが、真赭の薄は目を見開き、怒ったように赤い唇を尖《とが》らせた。

「それこそ下世話な勘ぐりというものですわ！　千早が内心どう思っているにしても、本人が何も言わないのだからそれ以上は野暮というものよ。たとえそういった気持ちがあったのだとしても、言わないのならないのと一緒よ」

ふん、と鼻を鳴らす姉を前に、「おっしゃる通りです」と明留が小さくなった時だった。

「明留さま。今、よろしいでしょうか」

庭を駆けてきた下人が、苦い顔をして声をかけてきた。

「構わない。何用だ」

「外に、明留さまに会いたいという男が来ております」

「誰ぞの使いか」

「いいえ。それが、結をたぶらかしたという、件《くだん》の下郎のようでして……」

「何っ」

谷間に居を移す以前、結はこの屋敷の世話になっていた。随分と可愛がられていたので、西家に仕えている者の間でも結の「いい人」は話題になっていたらしい。

「手前どもで追い返しましょうか」

あからさまに険を含んだ問いかけに、明留は素早く首を横にふる。

「いや、よかろう。通しなさい」

「明留」

たしなめるように姉が声をかけてきたが、「大丈夫です」と明留は微笑《ほほえ》み返した。

「姉上のおっしゃる通り、今度こそ冷静に、落ち着いて、ちゃんと話を聞いてやりますよ」

＊　　＊　　＊

「結抜きで、男同士の話がしてえ」

南廂《みなみびさし》で相対するや否や、急な来訪の詫びもなくつっけんどんに言われ、早くも明留は堪忍袋の緒が切れそうになった。

「おうおう何事だ、申してみよ」

言いながら、鋭い音を立てて扇を広げて口元を隠し、パタパタと煽《あお》ぐ。自分でも鼻持ちならない態度だと分かっていたが、そうでもしなければそれ以上の罵詈《ばり》雑言《ぞうごん》が飛び出してしまいそうだったのだ。

明留を真正面から睨み、シンは振り絞るように声を出した。

「……アンタ、結に気があるのか」

「はあ？」

「わざわざ、置屋まで俺と結の話を訊きに来たって聞いたぞ。貴族の奴らはたくさん女を囲い込むんだろ。そこまでするのは、アンタが結を妾《めかけ》にするつもりだからか」

「馬鹿なことを」

明留は吐き捨てた。

結と千早と自分の間にある、私人としての明留が最も大切にしている関係を汚されてしまったようで、無性に腹が立った。

「結殿は、私の朋輩である千早が大変な苦労をして、大事に大事に守り育てた妹御なのだぞ。私にとっても妹と変わらない。過去に女郎になりかけた彼女を救ったのは、貴様のような下心ゆえではないわ！」

「じゃあ、千早のほうか？」

「何がだ。分かるように話せ」

「さっき、その辺の下人から聞いたぞ。あいつ、本当は結と血がつながっていないんだろ？　あんな態度なのは、結を自分の嫁にするつもりだったからなんじゃないのか」

「げ、下世話な勘ぐりを……！」

しまったと思うがゆえに叫んでいた。

結を引き取った際、戸籍の調整を手伝った者もいるので、西家の朝宅では千早と結の関係を承知している者も少なくはない。明留と同じように、それならば千早と結が一緒になればいいと考えていた者がいて、先に気をまわしたのだろう。

ほらご覧、お前が軽々しいことを言うから、と咎《とが》めてくる美しい姉の顔が脳裏をよぎり、冷や汗が滲《にじ》む。

だが考えてみれば、この男よりもずっと千早のほうが結にふさわしいと明留が思っているのもまた、事実なのだ。

八つ当たり気味に、ふつふつと怒りがわいてきた。

「しかし、そうだな……。千早のほうが貴様よりもずっとよい男だ。千早に比べれば、貴様など龍《りゅう》と蚯蚓《みみず》ほどに差があるだろう。結殿も、千早のほうがいいに決まっている」

「ふざけんな。結は俺を選ぶに決まってんだろ！」

立ち上がりながら駄々っ子のように叫ばれて「はん、ほざけ下郎」と、つい芝居の悪役のように返してしまった。

「千早を誰と心得る。あいつはな、近衛《このえ》養成所である勁草院《けいそういん》を優秀な成績で卒院し、山内衆においてもその剣の腕では右に出る者もおらぬ当代一の武芸者なのだぞ。貴様のごとき棒切れ振り回すしか能のないくされこんこんちきが、百年かかっても及ばぬ男なのだ」

「そんなの知るかよ。面と向かって何にも言えない腰抜けのくせして」

「はあぁ？　今、何と申した。よりにもよって、あの千早を腰抜けだと？」

「腰抜けなのは事実だろうがよ」

「言わせておけば貴様……」

怒りのあまり震える手でパシンと扇を閉じ、明留は興奮に任せて叫んでいた。

「ここに順刀《しない》を持て！」

は、と遠巻きに様子を窺《うかが》っていた下人達が走っていく。

何が起こっているのか分かっていないシンの目の前に立ち、明留は豪快に直衣《のうし》を脱ぎ捨てた。

「千早が出るまでもない。この私が相手になってやる」

羽衣《うえ》姿となった明留は、南庭《なんてい》においてシンと戦うことになった。

紅の楓が優美に舞い、池には色づいた木々が映り込む景色はたいそう風情があったが、今は西家お抱え渾身の秋の庭ではなく、見目麗しい当家の坊ちゃんと薄汚い山烏の決闘を見物しに西家に仕《つか》える者達が集まりつつあった。

谷間で門番をしているといえども、所詮はろくに剣術も学んだこともない破落戸《ごろつき》である。山内衆にはなれなかったとは言え、勁草院において二年次までみっちり武芸を叩きこまれた明留の敵ではない。

「どうした、もう終わりか。千早のほうが私の百倍は強いのだぞ」

うおお、と雄たけびを上げてがむしゃらに向かって来たシンは、すでに打ち据えられ、地面に転がり、ぼろぼろになっている。

すぐに音を上げるに違いないと高をくくっていたのだが、シンは意外にも、何度ひっくり返っても参ったと言わなかった。そうこうしているうちに、だんだんと弱い者いじめでもしているような妙な気分になって来る。

最初は下品にならない程度に明留へ声援を送ってくれていた下人達も、心なし「そろそろ許してあげたら？」と言わんばかりの生ぬるい視線を送ってきている気がする。

仕方ない、と明留は広々とした庭を見回し、シンを意図的に池の縁へと追い込んでいった。場所を見計らい、これで最後とばかりに鋭く相手の順刀を横薙《よこな》ぎにする。

「あっ」

思惑通り、取り落とした順刀は吹っ飛び、池の中へと転がり落ちて行った。

「ははあ、どうだ参ったか。これで己の身の程を……」

荒く息をつきながら明留は言いかけたが、しかし、それでもシンは諦めなかった。

「まだまだっ」

叫んで、今度は素手でこちらに向かってきたのだ。

かすかにどよめきが上がる。

よろよろした足取りの割に、その目はあまりに真剣で、しばし呆気にとられた。

——こいつ、思っていたよりも根性はあるかもしれない。

隙だらけのシンを打ちのめすのは簡単だったが、それでは、どうにも自分が卑怯に思える。

別に自分は、この男を痛めつけたいわけではないのだ。

「うむ。その心意気やよし!」

逡巡《しゅんじゅん》は一瞬だった。明留も潔く順刀を放り、拳を握ってシンに飛び掛かった。

結論から言うと、明留が格好良く順刀を手放したのは大失敗だった。

思いのほかシンの体格が良かったのだ。殴り合いになった途端、一気に明留の分が悪くなってしまった。一発目の殴打を腹で受けた瞬間、順刀を捨てたことを早くも後悔したが、まさか今更のこのこ拾いに行くわけにもいかない。

シンは、必死の形相で明留に殴り掛かってくる。

「結は、俺の嫁さんになるんだ。俺が守ってやるんだ」

しまいには泣き出し、「俺のほうが、絶対強いんだあ」と自分に言い聞かせるように叫びだす始末だ。

情けない声なのに、腕だけは止めようとしないのがある意味立派ではある。

「泣くな、弱虫め。結ちゃんはな、ああ見えてとっても気が強いんだぞ！」

「そんなこと知ってらあ」

そこがいいんだ、と絶叫しながら明留を殴ろうとする。

「思わせぶりなことをしないし、嘘をつかない」

息も絶え絶えになりながら、口を拭う。

「結のまっすぐなところが、俺は好きだ」

明留は目を見開き、ゼイゼイ言いながら叫び返した。

「この、愚か者め！　だったら、どうしてそれを最初に言わぬのだ」

それを聞いていれば、こんな阿呆みたいな事態にはなっていなかったと思う。

シンは、顔をくしゃくしゃにして吠えた。

「だって、声も顔も本当に好きなんだぁ」

「べたぼれではないか貴様ァ」

お互いに、もはやどうして殴り合っているのかよく分からないまま繰り出した拳は、双方の顔に見事に当たった。

見物人から悲鳴が上がる。

ほとんど力が入っていなかったが、シンは前栽《せんざい》に頭から突っ込み、明留は足がもつれたまま池の中に落ちて、ようやく決闘は終了を迎えたのだった。

＊　＊　＊

我に返ると、本当にひどい。どうして自分達はぼろぼろになっているのだろう。

濡縁で乾いた布にくるまり、下女達から怪我の手当を受けながら明留は思う。

自分にもシンにも、何一つ殴り合う理由はなかったはずなのだが、勢いとは恐ろしいものだ。こういったことは、本来自分ではなく千早がやることではないのだろうか。

すぐ隣で手当を受けるシンも全く同じように思っているらしく、「よう頑張られましたな」「格好よかったですよ」と優しく下女に言われる度に変な顔で首をひねっていた。

徒労も徒労だと思うのだが、それでも何か収穫があったとすれば、それはシンが最初の印象よりも、いささかまともな男だと分かったことである。

「シン。そなたは、ちゃんと結殿を好ましく思っておるのだな」

明留から声をかけるとハッと息を呑んで背筋を伸ばし、シンはこちらに体を向けた。

「そうだよ。俺、結と一緒になるんだ」

「だが、谷間では門番の役目をすっぽかすと聞いたぞ。そんな体たらくで、結を幸せに出来ると思っているのか」

厳しく問いただすと、シンは萎縮するでもなく、そりゃ仕方ねえ、とけろりと言い返した。

「もともと、結の帰り道が心配でついていったんだ。まあ、これからは何とかするしかねえが、お役目をすっぽかさなきゃ、そもそも結と仲良くなることもなかったんだぜ」

過去のことは大目に見てくれよ、と軽く言われて目を瞬《またた》く。

「まさか、それがなれそめなのか」

「おう」

もともと、シンが門番を務めているのは、将来は中央花街に出ていくような少女達や楽師が教えを請いに通う、楽芸に優れた引退済みの妓女達が拠点としている場所であるらしい。

その前で一日を過ごすシンの耳は自然と肥えていったわけだが、その中でも「綺麗な声だな」と思ったのが結であったという。

外界《がいかい》から輸入した外唄《そとうた》は、恋心を唄うものがほとんどで、姐さん方の声は朗々としてこなれている。結の声はこなれているわけではなかったが、それを上回る切なさがあった。上手いというよりも素朴であり、だけど心情がこもっており、シンがもう一度聞きたいと思ったのは初めてだったのだ。

その声の主が、目の見えない小さな女の子だと知った時には大いに驚きもしたが、同時に納得もしたのだという。

「鈴を転がすような声っていうのかな。あんな可愛い声をしているのだから、きっと見た目も可愛い子だろうと思ってたんだ」

しかも重い琵琶を担ぎ、杖をついて通って来ていると知ってからは、心配でたまらなくなってしまった。

親分衆の目が光っているとはいえ、谷間はもともと荒くれ者が多いのだ。あんなに華奢《きゃしゃ》で可愛い少女など、一発でかどわかされてしまうに決まっていると思った。

「そんで、ちょいとこう、門番を他の奴に任せてよ。物陰からついていくようにしたのよ」

何もなければ後姿を見守るだけにしようと思っていた。

だが、梅雨の晴れ間のある日、ぬかるんで足場が悪いところを通ろうとしている結に、つい声をかけてしまった。

通りすがりのふりをして「良かったら手を貸すぞ」とだけ言ったシンに、しかし結はこう言い放った。

「このところ、ずっとあとをついて来てたのはあなたね」

まさか気付いていると思っていなかったので驚いたが、結は得意げに「あたし、耳がいいのよ」と言う。

「最初は、何か悪いことを考えているのかと思ってちょっと怖かったのだけれど、ついてくるだけだから不思議だったの。でも今日、分かったわ。いつも、あたしが無事に帰れるように見守ってくれていたのね」

シンが中途半端に差し出していた手を、探るように動かしてつかんだ結の手はちっちゃかった。あまりの体重の軽さにめまいがする。

恥ずかしくて何も言えないシンに、結は小さな唇をほころばせた。

「ありがとう。あなた、とっても優しいのね」

屈託のない笑顔を間近で見て、シンは頭が爆発するかのような衝撃を受けたのだ。

「もう、こいつを一生守ってやりてえ、って思って」

あまりに可愛くて、あまりにお礼を言う声が綺麗で、背筋を羽でくすぐられたかのような感覚に膝をつきそうになったのだ。いわゆる腰砕けである。

「俺はこんな見てくれだし、そんな頭もよくねえ。馬鹿にされることは多かったけど、結はちゃんと俺を見てくれた。あいつは、俺を本気で優しいって思ってくれたんだよ。そんな結をがっかりさせるような真似するわけねえだろ」

俺は浮気なんてしない、と以前明留に言われたことを気にしている様子に、どうにも居心地が悪くなる。

「しかしだな、嫁入り前の結に手を出しおったことは、流石に見過ごせんぞ……」

「手?」

「夜中に結を連れ出しただろう」

低い声で言うと、シンは慌てて両手を振った。

「待ってくれ。そりゃ誤解だ。一緒に銀木犀《ぎんもくせい》を見に行っただけだよ」

「銀木犀?」

「そう。あの木は、夜にことさら香りが強くなるから。見た目は地味だが、いい香りだろ。いっぱい咲いているところを見つけてさ、これなら結も楽しめると思って、連れて行ってやっただけだ」

まあ、逢引きには違いねえけどさ、と笑み崩れるシンの顔は見るに堪えなかった。

「はあ、銀木犀……」

たおやかな香りにつつまれた夜の林、ちらちらと小さな白い花が月光を受けてささやかに光る中を、シンと結が嬉しそうに連れ立って歩いていく姿を想像する。

お似合いなのかもしれないなと、すとんと胸に落ちるものがあった。

「なるほどな」

はあと息を吐き、顔を掻く。

「腹を割って話してみて分かったが、君、見た目の割にいい奴なのだな。君より顔が良くて甲斐性のある男は山のようにいるだろうが、それだけ結ちゃんを大切に思っているのは、千早の他には君しかいないだろう」

場合によっては応援してやらんこともないと言うと、シンは喜色満面となった。

「ほんと?」

「だが、しっかり働けよ。結の行き帰りが心配なら、私が護衛を手配してやってもいい。私は、彼女のことを本当に妹のように思っているのだ。幸せにしなければ血祭に上げてくれる」

「大丈夫だって。俺、結が嫁さんになってくれたらそれだけで幸せだもん。いくらでも頑張れるし、そうなったら絶対に結だって幸せになるぜ！」

能天気だなあと思わなくもないが、性格も悪くはないらしいと考え直す。

今思えば、最初に会った時点で明留はシンに対して先入観があったし、シンは明留が横恋慕《よこれんぼ》するのではないかと警戒していた。まともに会話が成立するわけがなかったのだ。

ようやく納得がいって安堵《あんど》しかけ、しかし、目の前のこの青年にはまだ、倒さなければならない最大の敵がいることを思い出した。

「まあ、問題なのは千早だが……」

シンは、おそるおそる訊いてきた。

「あのひとさ、俺のことなんて言ってんの？　やっぱり気に入らねえのかな」

「何も」

「何も？」

「ここ最近、一言もしゃべっていない……」

流石に予想外だったのか、すうっとシンの顔から血の気が引いていく。

「何だそれ。こわっ」

「怖いよなぁ。今更ながら私も怖い」

「あのひと、本当に結が好きだったりしねえの？」

「うーん」

つい半刻《はんとき》前まではシンより千早のほうが遥かにいいと思っていたはずなのだが、時ここに至り、完全に逆の思いが生まれ始めていた。

冷静になってよくよく考えれば、妹に恋人がいると聞いてから一言も発さないというのは、どう同情的に見たとしても異常である。

言わなければないのと同じ、という姉の言葉が、今更になってじわじわと胸に沁みる。結が怒ったのも道理で、この期に及んで何も言わないあいつは確かに卑怯なのだ。それよりも、真正面からぶつかってきたシンのほうがいい男なのかもしれない。

少なくとも、結に対しては万倍誠実だろう。

「いや、うん。あいつがどう考えているかは分からないが、もしそうだったとしても、何も言わないあいつが悪いな。子どもではないのだし、私がそこまで気を使ってやる必要もないはずだ。よし、私は君を応援するぞ」

「え、いいの」

「でも、まずはきちんと挨拶をやり直そう。前回はお互い誤解があった。言葉と態度で本気で結ちゃんと付き合っているのだと示して、その後のことは奴の態度を見て考えよう。身なりとか、私が手伝えることは面倒をみてやるから」

「分かった。俺、ちゃんと挨拶するわ」

「その後、殴り合いになるかもしれないが、その時はふんばりたまえよ」

「アンタとしたみたいな喧嘩を、もう一回やれば認めてくれるかな」

「甘い。言っただろ、あいつは私より遥かに強いって。結ちゃんに関係することだと化け物並みの力を発揮するし、技量も怒りも私の比ではないに決まっている」

シンの表情が消えた。

「……俺、死ぬんじゃない?」

「結が泣くから、殺されはしないと思う。半殺し程度なら、西家お抱えのよい医《くすし》を呼んでやるから、なんとか蘇生出来るだろう」

「怖いな。でも、やるしかねえ。その時はよろしく頼むわ!」

「よーし、シン君。まずは年上に敬語を使うことから覚えようか」


「などと、言っていますけれど?」

枢戸《くるるど》の陰で真赭の薄に水を向けられた千早は、それでも無言を貫き通した。

真赭の薄は、シンが来た時点で急ぎ使いをやって、千早を西家の朝宅に呼び寄せていたのだ。子どもの喧嘩のような殴り合いから和解までの一部始終を仏頂面で聞いていたこの男はしかし、今になっても何も言おうとしない。

やれやれと、真赭の薄は自らの腰に手を当てた。

「拗《す》ねるのはおよしなさい。いいかげん、あなたも腹を決める時が来たのよ」

淀んだ目つきで宙を睨んでいた千早は、呆れるほど長いため息をついたのだった。

＊　＊　＊

七日後、改めて、前回と同じ茶寮で結とシン、明留と千早は向き合っていた。

時間が許す限り、明留が教えられることは全てシンに教えたつもりだ。

きちんとした話し方と身のこなしを叩きこみ、体をみがきあげ、髪を整え、真新しい着物に着替えたシンは、先日とは別人のようにまともな若者に見える。

がんばれ、シン。今のお前ならきっと大丈夫だ。

固唾《かたず》を呑んで見守る明留の前で、シンは緊張した面持ちで、千早に相対していた。

「あなたが、これまでどれほど結さんを大切に思い、守ってきたかを伺いました。自分みたいな奴に大切な妹さんを預けるなんて、嫌なのも分かります。でも、自分も出来る限りの力で、結を守っていくつもりです。本気で結さんと一緒になりたいと考えているんです。結婚――いや、まずはどうか、我々の交際を認めてもらえないでしょうか」

この通りです、とシンが深く頭を下げるのに合わせ、結も同じように頭を下げる。

「兄さん、お願いします。あたしはこの人と一緒にいれば、きっと何があっても幸せでいられます。たとえ兄さんに反対されたとしても、それは変わりません。でも、兄さんがあたし達を認めてくれたら、それより、もっともっと幸せになれるんです」

お願いします、と今にも泣きそうな、小鳥のさえずりのような声で懇願され、それまで岩のように微動だにしなかった千早が動いた。

天を仰ぎ、何かを嚙み締めるように目をつぶってから、短く息を吐いて姿勢を正す。

「シン殿」

久しぶりに聞いた親友の声に、迷いは感じられなかった。

「妹を、よろしくお願いします」

一瞬、何を言われたのか理解出来なかったのだろう。

ぽかんと口を開いたシンは、じわじわと顔に喜色を浮かべ、結の顔を見た。結は見えないながらに顔をシンに向け、お互いに認められた喜びを分かち合うように笑いあった。

「こ、こちらこそ、よろしくお願いします、お義兄《にい》さん！」

親し気に呼びかけられた千早は、彼らしからぬ慈愛に満ち溢れた笑みを浮かべると、ゆっくりと口を開いた。

「貴様に義兄《あに》と呼ばれる筋合いはない」

あきのあやぎぬ

「ようこそいらっしゃいました、環殿《たまき》」

今までさぞかしご苦労があったことでしょう。ここでは、どうぞゆったりとお過ごしになってくださいね。

そう言って上座から笑いかけてきた女は、環がこれまでに見た誰よりも豪奢《ごうしゃ》な装いをしていた。

西本家《にしほんけ》、次期当主である顕彦《あきひこ》が正室、楓《かえで》の方。

この山内《やまうち》において十指に入る貴女《きじょ》である彼女は、目を瞠《みは》るほどの美女というわけではないものの、上品な面差しには満たされた者特有の笑みをたたえており、なるほど、いかにも上級貴族として生まれ育った女君らしかった。

そのやわらかな肢体を覆うのは、息を呑むほどに美しい玉衣《たまごろも》である。

萌え出たばかりの若葉を思わせる萌黄《もえぎ》の小袿《こうちぎ》には、白金の糸で繊細な縫い取りがなされている。肌に吸い付くような薄絹をかさねた山吹《やまぶき》の襲《かさね》は、黄金よりも鮮やかな黄色でありながら、ごちゃごちゃと色を取り合わせるよりもずっと潔く、いかにも洗練されていた。

　これから春を迎えようとする今の時期によく合っているし、優しげな風貌を引き立ててやまないその取り合わせには、感嘆の思いを禁じえない。

――いや。確かに、以前の自分であったのなら無邪気に感嘆したことだろうが、今はとてもそんな気分にはなれない、と思い直す。

おそれいります、と無感動に頭を下げて目に入るのは、爪の先が割れ、皺《しわ》だらけとなった己の両手と、傷《いた》みに傷んだ髪の先だ。

　遠くでは、あまりに泣くので別室へと連れて行かれてしまった娘の声と、二歳になったばかりの息子の騒ぐ物音も聞こえている。

　正直、さっさとここを辞して、子ども達のところへ行ってやりたかった。

　記憶が正しければ、楓の方にも二人の息子がいたはずであるが、くすみひとつ、しわひとつ見えない肌を見る限り、大変なことはすべて羽母《うば》に任せ、自分は子育ての楽しい部分だけを吸い取ってきたのだろう。

　尊い身分の夫を得て、花よりも美しい衣を身にまとい、子育てすら何一つ苦労することなく終えてしまう目の前の女。

苦々しい思いがこみ上げてきたが、しかしその内面を押し殺し、環は感極まった風を装って下を向いた。

ここの女主人たる正室に、間違っても嫌われるわけにはいかないのだ。

自分はここで、十八番目の側室に納まらなくてはならないのだから。

＊　＊　＊

夫が死んだ。

今から約半年前、朝廷に出仕している最中の出来事であった。

環よりふたまわりも年の離れた夫は、出会った頃には、既に腹回りにたっぷりと肉を蓄えていた。心の臓も随分と弱っていたようで、文机《ふづくえ》から立ち上がろうとした瞬間に胸を押さえ、そのまま帰らぬ人となってしまった。

夫は、世間的に言って決して見目《みめ》の良いほうではなかった。

若い頃に何か嫌なことを言われたとかで、女性に対して過剰に引っ込み思案になっているところがあった。弱小貴族の次男坊ということもあり、四十にもなって嫁も貰わず、花街《はなまち》にも行ったことがないというほどの筋金《すじがね》入りであった。

他にも縁談はあった環が、それでも夫を選んだのは、そうした潔癖なところが好ましかったからである。

羽振りもそこそこよく、当時、病床にあった母の面倒まできちんと見てくれたので、まさか金銭的な問題を抱えているとは夢にも思わなかった。

だが――夫には、環に隠していた借金があった。

訃報が入ったのは、ようやく二番目の子が卵から孵《かえ》ったばかりの頃である。

下人の手を借りつつも、無我夢中で葬儀の手配をした環のもとにやって来たのは、形式をきっちり整えた証文を携えた男達であった。そこで初めて、夫は花街通いこそしていなかったものの、その代わりのように賭け事が大好きだったということを知った。

すごろくやカナコロガシやらも日常的に行っていたようだが、中でも目がなかったのが、足揃《あしぞろ》えで行われる競馬《くらべうま》だったという。

端午《たんご》の節句の儀式では、同じ競馬の名で流鏑馬《やぶさめ》が行われる。そこで使う馬を選出するため、足揃えにおいて二頭の馬を競わせることもまた、競馬と呼ばれていた。本番は宮《みや》烏《がらす》しか観覧出来ないが、足揃えは里烏《さとがらす》にも公開されているため、どの馬が選ばれるかを予想することが山内で最大の賭け事となっている。当然、動く額も桁違いであり、夫は、環と婚姻を結ぶ一年前の競馬で大負けをしていた。しかも誰も金子《きんす》を貸してくれないので、屋敷を抵当に入れて商人に借金までしていたというのだ。

環に隠れてこっそりと返済してはいたようだが、こんなに早死にしてしまったのでは意味がない。

夫の死を実感する間もなく降りかかった借金の額に、悲しみの「か」の字も吹き飛んだ。

何とか出来ないかとさんざん奔走したものの、夫が金を借りたのは、よりにもよって四大貴族の一、西家《さいけ》が後ろ盾となっている職人達の講《こう》であった。

東領《とうりょう》に東家《とうけ》、南領《なんりょう》に南家《なんけ》、西領《さいりょう》に西家《さいけ》、北領《ほくりょう》に北家《ほっけ》。

この山内の地を四分する四家《よんけ》四領《よんりょう》。

楽人の東、商人の南、職人の西、武人の北とも称されるように、西領の職人達は、山内のどこよりも優遇されている。西家は、継続して職人の養成と技術の保護を謳っており、貴族達の愛用する豪奢な反物《たんもの》から精緻《せいち》なつくりの機器にいたるまで、上等なものはほとんどが西領産であるとまで言われているほどだ。

四大貴族と密接な繋がりのある組織を前にして、環に出来ることは何もなかった。

夫が死んで半年も経たぬうちに、屋敷も財産も取り上げられ、生活の目処が立たなくなった下人も、環のもとから去って行ってしまった。

環の唯一の身内だった母はすでに亡くなっており、生前から関係が良いとは言い難かった夫の生家は、自分達まで西本家に睨《にら》まれてはかなわぬと思ったらしい。いたるところに穴の開いた小さなあばらや一つを寄越したのを最後にして、一切の縁を切られてしまった。

隙間風の吹き込む小屋の真ん中で、あーん、あーん、としきりと泣いている娘を抱きかかえながら、環は呆然としていた。

まさか、婚姻を結んでたった三年で寡婦《かふ》となってしまうなんて、夢にも思わなかった。何も考えず、借金を作った夫が恨めしいやら、それに気付かなかった自分が情けないやら……。

今になって、あの年になるまで夫に良縁がなかった本当のわけが分かった気がしたが、もう何もかも遅いのだ。

夫は大して高官でもなかったため、朝廷から贈られた見舞金は雀の涙だったから、なんとかしなければ明日の食事にも困る状況である。

春を迎えたのは暦の上だけであり、未だ空気には冬の匂いが濃く、水仕事ひとつするにも骨身にこたえるような有様だ。しかし、息子は遊びたい盛りで聞き分けがなく、人の姿がとれるようになっていくらもしない娘は夜泣きがひどい。

これから、私にどうしろというのだろう。

「かかさま。おなかへった」

裾《すそ》を引いて不満を訴える息子に、環は弱々しく首を横に振った。

「お願いだから少し待ってちょうだい。小姫《こひめ》が泣いているのよ……」

だが、妹を優先させたことが気に入らなかったのか、息子はみるみるうちに目を潤ませた。

「おなかへったよう」

「いい子だから……」

「おなかへった！」

わあっと癇癪《かんしゃく》を起こした息子に、つい、「泣くんじゃない！」と大声を出してしまった。

それで泣き止むはずもなく、息子はむしろ火がついたような悲鳴を上げて両手足をばたばたさせ始め、それに煽《あお》り立てられるように、娘はますます泣きじゃくる。

ああ、もう、私のほうが泣きたいくらいなのに。

何をする気力もないまま、ぐったりとその場にへたりこんだ、その時だった。

「お困りのようですね」

聞き慣れない男の声に、反射的に飛び上がった。

振り返ると、小さく押し開いた戸口の向こうから、こちらを覗《のぞ》く人影があった。

こんな荒れ果てた場所には似つかわしくない、綺羅綺羅《きらきら》しい装いの若い男だ。

間違いなく麗《うるわ》しい顔かたちではあるのだが、睫毛《まつげ》がやたらと長く、眉がはっきりとした八の字を描いているのが、妙に情けない印象である。ひょろりとした体軀《たいく》にまとうのは今まで見たことのないような深い赤をした袍《ほう》であり、その染色の見事さ一つとっても、貴人であるのは疑いようがない。

一体何者で、どうしてこんな所にいるのか。

警戒して向き直った環を見ると、男は格好つけた仕草で、己の口元を扇で覆った。

「おお、おお。そう怖がらなくても大丈夫。取次ぎの者の姿が見えなかったので勝手にここまで来てしまいましたが、私は蝶……美しい花の香りに誘われてやって来た、愛のしもべなのです」

——何を言っているのだ、こいつ。

いつの間にか泣き止み、ぽかんとしている子ども達を抱きしめ、環はますます身を固くした。

貴人であると見て取ったが、話しながらくねくねと動くその姿とにやけた表情からは、軽薄な印象を否めない。子どもを守れるのは自分しかいないのだと緊張しながら、ぎりぎり失礼にならない口調で誰何《すいか》する。

「どちらさまでしょうか」

「これは失礼。名乗るのが遅れましたね」

にっこりと笑うと、男はするりと戸口から家の中に上がりこみ、環の真正面に腰を下ろした。

「私の名は顕彦《あきひこ》。西本家の顕彦です。健文《たけふみ》殿とは、少しだけ仲良くさせて頂いておりました」

この度のこと、まことにお悔やみ申し上げますと頭を下げられ、環の喉がヒッと鳴った。

「さ、西家の若君であらせられましたか……！」

四大貴族の一、西家の次期当主。

山内において彼よりも身分の高い男は、宗家《そうけ》の者と、四家の当主しかいない。文字通り、雲の上の人である。

「失礼をいたしました」

さっきとは違う意味で恐れおののきながら円座を勧めようとして、それすらないのだということに気付いて血の気が引いた。慌てて謝罪をすれば、顕彦は眉毛をますます八の字にする。

「……健文殿が美人の奥方を自慢しておられたから、今はどうなさっているのかと思って来たのだけれど、随分と大変そうだねえ」

助けてくれる親戚はないの、と訊かれ、環は力なく項垂《うなだ》れた。

「夫が、以前、金銭のことでご迷惑をおかけしていたようでして……」

「おやまあ」

「気付かなかった私が、愚かでございました」

恥じ入って俯《うつむ》くと、顕彦は体をかがめ、環の顔を覗き込んできた。

「では、私のところに来るかい？」

その言葉の指し示すところに考えが及び、環はゆっくりと顔を上げた。

「それは——私を、側室に迎えて頂けるということでしょうか」

夫を亡くし、子どもを抱える宮鳥の女にとって、生き残る道はそれしかない。

誰か良い相手はいないかと必死になって考えていた今、西本家の若君が自分達を引き取ってくれるのであれば、まさに渡りに船である。

焦るな、焦るなと思いながらも食いつけば、顕彦は「はっはっは」と屈託なく笑った。

「あなたのような美しい方が側室になってくれるというなら、私は大歓迎だよ！　でも、すぐにというわけにはいかないね。妻達に認めてもらわないといけないから」

「妻達……？」

思わず聞き返してから、側室の一人や二人いて当然か、と思い直す。

だが、そうだよ、とにこやかに続けられた次の言葉は、環の想定をはるかに上回るものだった。

「私には最愛の奥の方を含め、十八人の妻がいるのだよ。その全員に許しを得ないことには、十九人目にはなれないのだね」

＊　＊　＊

――自分に、選択肢など残されていなかった。

楓の方の前を辞しながら、環は思う。

子どもの手を引き、あばら家の前に止められていた飛車《とびぐるま》に乗り込んだ環は、そのまま顕彦の所有する西領の西本家本邸へとやって来た。

西家のお屋敷は、もはや屋敷という語では言い表せないほどに大きかった。

驚かされたのは、環が連れて行かれた『紅葉《もみじ》の御殿《おとど》』は、敷地内においては比較的小さな御殿であるということであった。当主夫妻が住んでいる主殿は、たくさんの楓の木の植わった庭を越えた、はるか向こう側にあるという。もうすぐ宗家の若宮《わかみや》への登殿《とうでん》を控えた一の姫、絶世の美姫と名高い真赭《ますほ》の薄《すすき》姫もそちらに住んでおり、こちらの邸宅は、あまりに多い側室達のためにわざわざ造られたものであるらしい。

ここで側室として認められなければ、主殿には近付けもしないのだということを、環は早くも思い知らされたのだった。

いくら気に入らなくても、自分には他に行き場所がない。幼い息子と娘のためにも、自分は身を売ったつもりでことにあたらなければ、と密かに決意する。

廊下に出て大きく息をついていると、足音も荒く、たった今退出したばかりの正室の部屋から、一人の女が出て来た。

「ちょっとあなた、さっきの態度はなあに？」

かけられた声は、何とも刺々しい。

睨む目つきからして、いかにも気の強そうな女であった。

小柄で、ちょっと鼻に丸みがあって愛嬌のある顔立ちをしているが、今は怒りのあまり、頬が真っ赤に染まっている。この女の着ているものもまた、見事な紅梅の襲であった。はっきりとした赤の濃淡が目をひいて、一番上に羽織られた絹には、花の模様が織り込まれている。

少し幼く見えるが、年は二十歳前後ほど……自分と同い年くらいだろうか？

先ほどは、この女と楓の方が歓談しているところに、自分が挨拶に入ったのだ。

ここでは、下女ですら呆れるほど高級な衣を着ている。相手の立場が分からない以上、とにかく下手に出るに越したことはないと思い、環は慇懃《いんぎん》に問いかけた。

「先ほどの態度とは？　何か、問題がございましたでしょうか」

「大有《おおあ》りよ。顔に不満が書いてあったわ。大恩ある楓さまに向かって、なんて失礼な！」

「それは……すみません」

まだ、大恩を受けることになると決まったわけではないが、反抗的に見えたのならば気を付けなければならない。素直に頭を下げると、その女は眦《まなじり》を吊り上げたまま、閉じたままの扇をびしりと鼻先に突きつけてきた。

「いいこと？　可哀想な身の上だからって、簡単に側室になれるなどと思わないことね。あまりにひどいようなら、楓さまがなんと言っても、私があなたを追い出してやるから！」

ふん、と鼻を鳴らし、彼女はこちらに背を向けて去って行ってしまった。

「かかさま！」

大きな声と共に、環の足に息子がぶつかる勢いで走ってきた。今の女にいじめられたとでも思ったのか、「かかさま、いたい？」と心配そうな顔で問いかけてくる。

「いいえ。痛くなんかありませんよ。かかさまは、大丈夫」

優しく息子の頭を撫《な》でていると、背後から声を掛けられた。

「環の君。どうか、気を悪くなさらないで下さいね」

息子のあとを追ってやって来たのは、環を楓の方のもとまで案内し、ぐずる娘と息子を連れ出してくれた女であった。

「あの方は、十七番目の側室、つぐみの君です」

ここではあなたさま以外では一番の新参ですから、色々思うところもおありになるのでしょう、と穏やかに語る姿は、口調も顔立ちもぼんやりとしていて、なんとも影の薄い印象だった。涼しげな水色の襲は上質な絹特有の色の綾をなしており、小袿《こうちぎ》に刺繍されたごくごく淡い桜色の花びらとあわせ、まるで白い金魚のようだと思う。

「娘の面倒を見て下さって、ありがとうございます」

一応礼を言ってから、抱えられていた娘を半ば奪うようにして受け取る。素直に娘を渡した彼女は、しかし、わずかに苦笑しているように見えた。

「おふたりも元気なお子さまがいるのでは、さぞかしご負担も大きいでしょう。環の君さえよろしければ、私にもお手伝いさせて頂けませんか」

咄嗟《とっさ》に断ろうとした環を制するように、やんわりと言葉を続けられる。

「楓さまもそうするのが良いだろうとおっしゃっています」

――遠まわしな言い方をされたが、この女は、楓の方が寄越した自分付きの女房《にょうぼう》なのだと合点がいった。

「……分かったわ。では、よろしくお願いします」

「わたくしは、狭霧《さぎり》と申します」

どうぞよしなにとお辞儀してから顔を上げ、狭霧は心から幸せそうに微笑《ほほえ》んだ。

「今はそんな気分にはなれないかもしれないですが、大丈夫ですよ。環さまも、すぐにここが気に入られます」

きっと幸せになれますわ。

そう言いながら笑いかけられ、「そうね」と笑顔で返しながら、環は娘の体を抱きしめる腕にぎゅっと力をこめたのだった。

紅葉の御殿には、子どもが多くいた。

日ごとに春らしさを増す手入れの行き届いた庭では、いつでもはしゃぐ子どもの笑い声が響いている。いくらなんでも、全員が全員、顕彦の子というわけではないだろうから、環と同じように子どもをつれて側室になった者もいるのだろう。

素直に認めるには抵抗があったが、この屋敷に来てから、環の負担が大きく減ったことは確かであった。

女房として狭霧は優秀であり、子ども達の面倒を見ることも、食事の支度をすることも手馴れていた。

初日に突っかかってきたつぐみを含め、十七人の側室に挨拶をしなければと言った環に対し、狭霧は「すぐに挨拶に来ないからと言って、怒るような方は誰一人いらっしゃいませんよ」と笑って言ってのけたのだった。

「そんなことよりも、今は環の君が元気になられるほうが先です。今の顔色でご挨拶に伺っても、皆心配するばかりですわ」

自分では気付いていなかったが、与えられた自室に置かれた新品の鏡を見て、狭霧の言うとおりだと思った。

結局、狭霧やその下で働く下女達に看病されるようにして過ごし、きちんとした挨拶の場が設けられたのは、実に十日も経ってからのことであった。

「一気に何人もの側室と会っても、中々大変でしょう。まずは、あなたと是非お話がしたいという四人をお呼びしましたよ」

だから是非いらっしゃってね、と楓の方からの言伝《ことづて》を受けて赴いた先は、寝殿の大広間であった。

そこには、おのおの小さな子どもを従えた側室達が笑顔で環を待ち構えており、彼女達の目の前には、色鮮やかな絹が、板の間が見えないほどいっぱいに広げられていた。

織り目が分からないほどに艶のある無地の絹。天女の領巾《ひれ》のようにふわりと軽く透けている麻。宝玉をそのまま布にしたかのような豪華な刺繡もあれば、四季の彩りを閉じ込めたかのような染め模様も、光の加減で文様の浮かび上がる繊細な織りのなされた反物もある。

きらめきがさんざめくような綵《あやぎぬ》の数々に度肝を抜かれていると、上座に腰を下ろした楓の方が声を上げた。

「ここにいる者たちはね、みんな、あなたのお子さんと同じ年頃の子を持つ親ばかりよ。何か困ったことがあれば、きっと、あなたの相談に乗ってくれるでしょう」

「はあ……」

戸惑う環に向けて、側室たちが次々に話しかけて来た。

「ずっとお一人で頑張っていらしたのですってね」

「二歳の男の子と、一歳にもなっていない女の子でしょう？　いくら手があっても足りないくらいなのにねえ」

「それでね、今日は、あなたの着物と子ども達の着物をあつらえようという話になったの」

「ここで暮らすなら、たくさん必要になるもの」

「遠慮なさらないでね」

「子ども達の面倒は、私達で、交互に見ていればよろしいわ」

ニコニコと笑う女達に、環は声が出なかった。

感動したわけではない。嬉しかったわけでもない。

——何故か、言いようのない怒りと、気味の悪さを感じたのだ。

だが、自分でもその気持ちが何に起因するのかはよく分からなかったし、当然、ここで声を荒げるような真似が出来るはずもない。無理やり笑顔をつくり、ひたすらに恐縮してみせれば、女達は少女のようにはしゃぎ、あれでもないこれでもないと、環を放って反物の選別にいそしみ始めた。

息子は、同年代の子どもに興味を持ったようで、娘を抱えた狭霧に付き添われながら、環の傍を離れていった。

ぼんやりとその様子を眺めていると、十歳ほどの少女が、こちらにお茶を差し出してきた。

「ここでの生活には、もう慣れましたか?」

利発そうな、彼女の顔は見知っている。ここ最近、狭霧と一緒に子ども達の世話をやいてくれていた女童《めのわらわ》だ。

「ええ。おかげさまで。あなた、いつも子ども達の面倒を見てくれているわね。本当にどうもありがとう」

「どういたしまして」

私、初穂《はつほ》ですと、にこりと微笑んで女童が名乗る。

「こういう時はお互い様ですもの。それに、環の君が元気になるのが、子ども達には一番のおくすりですわ」

大分顔色もよくなられましたね、と初穂が言うと、それを聞きつけた側室の一人が振り返った。

「初穂の君は、環の君と仲がよろしいのね。どんな色がお似合いになると思う？」

「そうですねえ。お肌が、桜色よりもあたたかな色をしていらっしゃるから、萱草《かんぞう》のような色などお似合いになるのではないでしょうか」

「あら、華やかでいいわね」

「今から作れば、秋ごろには紅葉の色とよく合うのではないかしら」

言いながら、並べられた箱の中からするりと引き出された絹は、よく晴れた日の夕焼けのような橙《だいだい》色をしていた。

「そのあたりの色の按配《あんばい》は、玉菊《たまぎく》の君が以前お好きだったはずよ」

楓の方がにこやかに言うと、側室たちが一斉に顔を輝かせた。

「ああ、玉菊の君！」

「流石《さすが》、洒落者《しゃれもの》でいらっしゃるわ」

素敵な方よねえ、と感嘆まじりの声が上がる。

「せっかくの機会です。環の君も、玉菊の君にご挨拶して、ご意見を伺って来ましょうよ」

そうだそうだ、それがいい、と女達は口々に言って手を打つと、てきぱきと布をまとめて箱に入れ始めた。

「子ども達は私が見ております。どうぞ、玉菊の君のもとへ行っていらしてください」

戸惑っている環に向かって、狭霧が言う。

ためらいがちに見れば、息子は木で作られた細工物の玩具に夢中であり、娘も、横に置かれた籐の揺籠《ゆりかご》の中で大人しく眠っているようだった。

さ、行きましょう、と初穂に手を引かれ、環は側室達から遅れて廊下へと出た。

「玉菊の君とは……？」

「二番目の側室の方です。大変趣味がよろしく、いろいろとお詳しくて、殿からのご信頼も厚いのです」

顕彦のお気に入りということか、と合点がいく。

寵愛《ちょうあい》を競う立場にあるはずの楓の方の態度が、それでも余裕たっぷりに見えたのは、正妻の意地というものなのだろうか。

やや皮肉っぽく思いながら透廊《すきろう》を行くと、先にたどり着いたらしい側室達の姦《かしま》しい声が聞こえてきた。

「ああ、玉菊の君、今日のお召し物はまた一段と素敵ですこと！」

「それに、なんてよい香りなのかしら」

「私も、ゆくゆくは玉菊の君のようになりたいものですわ」

きゃらきゃらと、ひどく楽しそうな声の漏れる一室を覗くと、側室たちに囲まれて座る女の姿が目に入った。

春に萌え出づる柳の色を模した襲《かさね》は、濃くなりすぎず、薄くなりすぎず、ものやわらかに上品である。まっさらな白の生絹《すずし》に、うすく青みを帯びた淡い緑が連なり、その濃淡が色の絶妙な変化を描いていた。小袿に刺繡はされておらず、代わりに、銀摺《ぎんず》りによってうっすらと霞《かすみ》の文様が浮き出て見える。

そして、まるで春の野山をそのまま衣にしたような美しい衣に落ちかかるのは、よく梳《くしけず》られた銀髪であった。

「いやだわ、こんなおばあちゃんに」

ほほほ、と照れて控えめに笑う女の顔には、深い皺がいくつも刻まれている。

――どこからどう見ても、老婆であった。

唖然と立ち尽くす環が目に入ったのか、彼女は優しく微笑んで会釈した。

「ごきげんよう、環の君。玉菊でございます。名前の響きが少しだけ似ているので、お会い出来ることをずっと楽しみにしておりましたよ」

びっくりなさっておいでのようですね、と言われ、どもりながらも返礼する。

「失礼しました。その、少し……」

「無理もありませんわ。まさか、私のような者があんなに若い殿方の妻だなんて、他ではあまり考えられませんものねえ」

「確かに、玉菊の君と初穂の君が並ぶと、ちょっと楽しい絵面になりますわね」

愉快そうな側室の一人の言葉に、思わず「はあ?」と素っ頓狂な声が飛び出た。

「ま、まさか」

恐る恐る自分と手をつなぐ童女を見ると、「ああ、そういえば言ってなかったですね」

と初穂はおおまじめに頷《うなず》いた。

「私は、顕彦さまの十三番目の側室です」

環は絶句した。

初めて会った時の顕彦の顔が――あの、好色そうな笑い顔が思い浮かび、さっと全身が粟立つ。

若くとも、同じ年頃の宮烏の婚姻はままある。自分と今は亡き夫のように、お互いが成熟した男女であるならば、それだけ年が離れていても問題はないだろう。

しかし、まだ女にもなっていないような子どもに、大の大人である西家の若君が手を出すというのは、流石に何かがおかしい。のみならず、自分の母親よりも年長の者を己の女とするなんて、どこまで見境がないのだろう。

だが、環の顔色が変わったことに気付いた一同は、「違う違う」と言って大笑いした。

「確かに、殿は女性を見たら口説くのが礼儀と心得ておられる節はあるけれど、子どもに手を出すほど無分別な方ではありませんよ。もちろん、おばあちゃんに無理をさせるようなこともしませんとも」

玉菊が苦笑しつつ言えば、初穂がそれに続いた。

「真赭の薄さま付きの筆頭女房である菊野《きくの》殿は、玉菊の君のお孫さまなのです」

もともと、夫を亡くした玉菊は、女房の役目を辞した娘と一緒に中央で暮らしていたのだが、その娘に先立たれてしまったのだという。

「他に頼れる親類もなく、どうしたものかと困っていたところを、殿に声をかけて頂いたのですよ」

言葉をなくした環を見上げ、初穂がさらに言う。

「私は下級貴族の生まれなのですが、父が、朝廷でお世話になっている上級貴族から、私に縁談を持ってこられたのです。最初は、そのお家のお孫さんとの縁談かと思って喜んでいたのですが、実は、その方自身の後添《のちぞ》えにという話だと後になって分かりまして……」

しかし、一度諾《だく》と返してしまった上に、家の関係は遥かにあちらが上である。

このままでは、初穂を幼女好きの中年男にささげるか、お家の断絶しかない。

ほとほと弱りきっていたところ、「初穂殿にひとめぼれした」と言って、顕彦が間に入ってくれたのだった。

「ここにいる者は、大体何かしらの事情持ちですわ」

子どもを抱えてこの場にやって来た側室の一人が、心底誇らしげに言って笑った。

「殿は、なんと慈悲深いお方なのでしょう！」

「ちょっと女性がお好きで、ちょっと賭け事がお好きなところはあるけれど……」

「お優しい方よね」

「本当に」

「私達って、運が良いわ」

「あなたも、殿に目をかけていただいて良かったわね」

呑気に笑いあう女達を前にして、急に、言いようのない怒りが閃《ひらめ》いた。

ここの女達は、みな一様に、幸せに染まりきった顔をしている。

それはそうだ。同じような境遇で、どうにもならずに没落していく宮烏が多い中、彼女たちは四家の御曹司の側室におさまり、羽母がいて、食事が勝手に出てきて、庶民が一生をかけても手に入らないような衣を普段着として暮らしているのだから。

まるで、幸せでない顔をするのが、罪だと言わんばかり。

――正室でもないくせに！

「気色の悪い」

気付いた時には、そう口走っていた。

瞬間、シンと室内が静まり返る。

完全に、無意識から出た言葉だった。

どう聞いても、侮蔑《ぶべつ》もあらわな口調に「しまった」と思えども、相変わらず胸の中がむかむかしていて、なんと弁解したらよいのか、咄嗟に思い浮かばない。

すると不意に、パンッと乾いた音がその場に響き渡った。

「そう思われるなら、思うがよろしいわ」

振り返れば、廊下につぐみが、扇を手にして仁王立ちしていた。

その両眼は燃えんばかりに光り輝き、小さな唇はきゅっとへの字に引き結ばれている。

「私達を気色悪いと言うのなら、言えばいいじゃない。誰もそれを悪いとは言わないわよ。でも、都合よく忘れているのではなくて？　あなたも、その気持ち悪いものになりたくてここに来ているのだということを」

そう言い放ち、つぐみは再び扇をパンッと己の手に打ちつけた。

「まあ、あなたがそういう態度である以上、私が側室入りなんて認めないのだけれど」

思わず睨み返せば、つぐみは環を馬鹿にするように鼻を鳴らした。

「良かったんじゃない？　気色の悪いものにならずに済んで。私も、あなたみたいな人と暮らさずに済むのなら万々歳よ。ここには、恩知らずで性格の悪い女の居場所はないの。己の身の程《ほど》が分かったのなら、ここからさっさと出てお行きなさいよッ」

「つぐみの君！」

おやめなさい、と玉菊が止めにかかったが、その場にのうのうといられるほど、環の面《つら》の皮は厚いわけではない。

無理やり一礼をして、堪《たま》らずにその場から逃げ出したのだった。


「……聞きましたよ、環の君」

つぐみの君と一騒動あったようですねと狭霧に話しかけられ、環は閉口した。

すでに日は傾いている。

あの後、大広間に戻った環は、気分が悪いと言って子ども達を連れて自室に戻った。

遊び疲れた息子は床に延べた布団の上で健やかな寝息を立て、揺籠の中の娘はぱっちりと目を開き、環の指先をつかんで遊んでいる。

「側室の皆さま方には、大変失礼なことを申しました」

硬い声で告げれば、狭霧は困ったような顔をしたまま、持って来た盆をコトリと床に置いた。

「心にもないことを口にしても、そうそう人を騙《だま》すことは出来ませんよ」

「そんなことは……」

「環の君は、とても素直な方ですね。本心が、全部お顔に書いてあります」

狭霧はにこりと微笑すると、盆に載せて持って来たおおぶりな湯呑を差し出した。

「柚子と花蜜《はなみつ》を混ぜた葛湯《くずゆ》です。きっと気分がよくなりますわ」

変わらぬ笑顔に気圧されるようにして受け取ると、柑橘《かんきつ》の清々しい香りを含んだ湯気が顔に当たる。恐る恐る口に含めば、あまずっぱく、とろみのある液体がふわりと広がり、ささくれ立った気持ちが少しだけ緩むのを感じた。

狭霧は、環が無言で葛湯を飲むのを、穏やかな表情のまま見守っていた。

「環の君は、こちらに来てから、いつも居心地が悪そうにしていらっしゃいますわ。一体、何がお心に引っかかっているのか、狭霧にも教えて頂けませんか」

環は小さく唇を噛んだ。

その背後に楓の方がいることは分かってはいるが、それでも、狭霧は子ども達の世話を親身になって焼いてくれた。

この葛湯ひとつとっても、心無くして出来るものではあるまい。

「――分からないのです」

気が付けば、言うまいと決めていたはずの本心が、ぽろりと口から滑り落ちていた。

「何が、分からないのですか？」

「ここで、無邪気に幸せを感じることの出来る気持ちが……」

自立も出来ず、ただひたすら顕彦の憐れみにすがるしかない境遇なのに、一体全体、どうしてこんなに楽しそうにしていられるのだろう。顕彦の気まぐれひとつで、すぐに路頭に迷ってしまうというのに、誰一人、そんな危機感を覚えているようには思えない。

しかも、そんな側室達をどうとでも出来る立場にいるのは、敵対する関係にある楓の方なのだ。身分の上下と、夫婦の情は関係がないはず。彼女が、事情のある者しか側室として認めていないというのは、結局、それで自尊心を満たすしかないということの表れではないかと思う。

「それなのに、ここにいる人達はみんな、頼りない憐れみなんかを食い物にして、贅沢三昧しているのだわ！」

ここに来てからというもの、ずっと抱えつつも胸に仕舞い続けてきた思いを口にすれば、もはや止めることは出来なかった。

狭霧は、途中で口を挟むことなく、真剣な眼差しで最後までそれを聞いてくれた。

そして、環の息が整うのを待ってから、静かにこう言い放ったのだった。

「憐れみって、そんなに悪い感情でしょうか？」

思わぬ言葉に驚いて顔を上げれば、狭霧は先ほどと同じ、穏やかな表情をしていた。

「今まで黙っていてごめんなさいね、環の君。実は、私も側室なのです」

十番目のね、と茶目っ気を交えて言う狭霧に、環はぎょっと体を竦《すく》ませた。

狭霧は相変わらず何も気にした風もなく、「あなたが勘違いしていることには気付いていたのだけれど、いつ訂正したらよいか分からなくて」と困ったように微笑んでいる。

「私、もとは中央でとある貴族の正室という立場にいたのですけれど、どうしても子どもが出来なくて……。二番目の妻としてやって来た妹に、その座を譲ってしまったのです」

実家も嫁ぎ先も、夫でさえも、狭霧を役立たずと言って憚《はばか》らなかった。屋敷の下男下女からもないものとして扱われる日々は、ある意味で、虐《しいた》げられるよりも辛いものがあった。

「しかも私は、それまで、何もかも周囲の者の命令通りにしか、行動したことがなかったのです。指示を出してくれる方がいなくなってしまったら、自分の下着一枚、何を着たらよいか分からないような体たらくでした」

それこそ、よく出来た女房と信じて疑わなかったほど、手際よく子ども達の面倒を見て、環の世話をやいてくれた今の狭霧からは信じられないような話である。

「私は、環の君のように大変な思いをしたわけでも、子ども達を守らなければならない状況にあったわけでもありません。それでも、顕彦さまは、そんな私を憐れんで下さいました」

――君はとても可哀想だね。私のところに来るといい。

そう言った、顕彦の姿が目に浮かぶようだと環は思った。

「ここに来て、私は救われましたわ。最初は、お人形みたいに何も出来なかった私を、殿や、楓の方や側室のみなさんが助けてくれて、ようやく、人として生きられるようになったのです」

少なくとも、自分は「憐れみ」に救われて、それがとても嬉しくて、その恩返しがしたくてここにいるのだと、狭霧ははっきりと言い切った。

「環の君。あなたのお感じになったことは、決して間違ってなどいないと思います。でも、だからと言って、憐れみに救われ、今を生きている者の気持ちを否定することは、どうかなさらないで頂きたいのです」

たとえそれが、貴人の気まぐれで、考えなしの行為であったとしても、それで確かに救われた者がいるのだから、と。

言外に、お前もそうではないのかと責められたような気持ちがして、環は黙るしかなかった。

ちょうど、その夜のことだ。

誰かから連絡が行ったのかどうか、この屋敷にやって来て初めて、顕彦が環のもとを訪ねて来た。

「前よりも顔色が良くなったようだねえ。どう、楓達とは、うまいことやっているかい？」

安気に笑う顕彦を前に、環は身を固くしていた。

流石は十八人も妻のいる男だ。準備万端とでも言うべきか、顕彦は、子守をさせるための配下もきちんと連れて来ていた。

今まで使ったことのない枢戸《くるるど》をひかれれば、二人きりになってしまう。

――昼間に狭霧の言っていた、「恩返し」の意味を思い知らされる。

子どものためにも、自分は、この男の側室にならなければならないのだ。そのために、自分がしなければならないことなど、分かり切っている。

覚悟を決めると、環はぎゅっと夜着《よぎ》の裾を握り締め、顕彦の前で膝をついた。

「今宵《こよい》のお渡《わた》り、誠にかたじけなく存じます」

言って、深々と頭を下げる。

喉から、心の臓が飛び出そうだった。

「私は」

言わなければ。覚悟は決めたはず。何を今更躊躇《ためら》う。

あなたさまのおいでを心待ちにしていた、どうか情けを頂戴したいと、言わなければ。

「私は……」

ぎゅっと目を瞑《つむ》り、深く息を吸い込んだ時、急に環の両手が取られた。

「駄目だよぉ、自分のことを大切にしないと！」

子どものように唇を尖《とが》らせながら、顕彦は環の手をぶんぶんと振る。

「こういうことはね、真実愛し合った者同士がするものなの！　まずは愛を育まなくっちゃ」

今日はゆっくりおしゃべりしよう、と笑顔で言われ、環は面食らった。

「環殿は、本当にかわいいよねえ。私はねえ、君のことをとっても魅力的だと思っているし、君が私のことを愛してくれたら、本当に幸せなの。だからこそ、嫌なのにそういうことされたらとっても哀しい気持ちになるし、そんな即物的な男だと思われてしまったのなら、とっても心外だなぁ」

心底悲しそうに言われ、環は動揺した。嫌がっていると気付かれてしまったのだ。不愉快に思われたのなら、側室にはしてもらえなくなる。

「い、嫌などではありません！　本当です。夫のことなどすっかり忘れて、私は、あなたの妻になりたいのです」

焦って叫んだ環の言葉を聞き、しかし、顕彦は目を丸くした。

「いやいや、それは駄目だよ！　私には愛すべき妻が十八人もいるけれど、健文には君しかいないのだからね」

忘れられたら、あやつが可哀想ではないか、と。

——真剣な顔で言われ、環は完全に言葉を失った。

まさか、よりにもよってこの男に、そんなことを言われるなんて思わなかった。

「あのね。健文はね、誰よりも貴女《あなた》のことを愛していたよ」

何も言えなくなった環を前にして、顕彦はやや調子を改め、真顔で語り始めた。

「前は、借金があっても遊び呆けていたのにね。貴女を妻に迎えてからは、とても付き合いが悪くなって、全然遊ばなくなってしまった。真面目に働いていたのだよ」

どうしてか分かるかい、と問いかけてくる声は、ひどく優しい。

「彼は、貴女のことが大好きだったから、貴女を幸せにしたかったんだよ」

借金を隠していたのも、貴女にいい格好をしたかったからだろうね、と朗《ほが》らかに笑う。

「だから、私は貴女を妻にしたいと思ったのだ。あんなに女が苦手だった遊び人《ひと》が、こんなに夢中になるくらいなのだから、きっと愛情深くて、素敵な女なのだろうなと思っていた。貴女だって健文のことを愛していたのだろう？　そうでなければ、三年も経たないのに、二人も雛《ひな》をなすわけがないよねえ」

どうしようもなく、唇が震える。

顕彦が、首をかしげて環の顔を覗き込んだ。

「だからね、健文のことを忘れてしまっては、駄目だよ。貴女を唯一の女として愛したのは彼なのだし、君がこの先、私と愛し合うようになってくれたとしても、貴女と彼の関係が変わるわけではないのだからね」

もう、堪らなかった。

あえぐように息をするのに合わせ、目から、勝手に雫《しずく》がはたはたとこぼれ落ちる。

――ああ、そうだ。

馬鹿な男ではあったけれど、私だって、健文のことが大好きだった。

裕福な商人に妻にと乞われたこともあったけれど、花街通いを常とする男の妻なんてまっぴらごめんだった。どんなに年上でも、不細工でも、いつも、一途に私を見てくれた健文の笑顔が、私は大好きだったのだ。

「健文さま」

ひくりと、喉の奥が引きつる感覚がする。

「一体、どうして、死んじゃったの……！」

夫が死んで半年。ようやく、初めて流れた涙であった。

とうとう我慢ならず、わあっと声を上げて泣き出す。

途端に顕彦はおろおろし始め、「ああ、泣かないで」と言って、一晩中環の背を撫でさすってくれたのだった。

翌日、再び楓の方に呼ばれて向かった大広間は、橙色の布で覆われていた。前回と異なるのは、側室達のほぼ全員が顔を揃えており、その手にはそれぞれ裁縫道具が握られていることである。

「それではおのおの方、始めて下さい」

楓の方の言葉を受け、側室達は手馴れた仕草でそれぞれの布を受け取り、一心に縫いつけ始めた。

「この絹、針がすべるわね」

「でも、刺繍のところは前のものより縫いやすくなりましたわ」

「それ、新しい職人が持ってきた針？」

「わたくしにも使わせて」

真剣な面差しの側室達の手により、夕焼け色の着物が出来ていく間を、初穂のほか、何人かの側室が紙と筆を手にして歩き回っている。

「この布、つぐみの君の単《ひとえ》と同じ素材なのですが」

「あら。でも、前より少し硬い感じがするわ」

「着心地が良くなるように改良したとのことです」

「縫っただけの感触では、前のほうが良かったような気もするけどねえ」

「肌触りはいかがです？」

ひとつひとつ細かく確認しながら、熱心に何事かを書いていく。

「初穂の君。それは……？」

環が問いかけると、初穂は細かな字がびっしりと書き込まれた紙を広げて見せた。

「職人達に、縫い心地や、着心地などの感想を送るのです」

西家の職人の手で作られた布は、山内中に流通することになる。

その際、よりよいものを提供するため、新作の反物は西家全体で試すことに決まっているのだという。

「職人の里烏も真剣ですからね。ある時期までに、何をどれだけ作るか決めて、まとまった金子《きんす》を用意しておかないと、綿や染料の買い付けを行えないのです」

大量の装束《しょうぞく》を作り、その縫い心地や使いやすさを職人達へ伝えることで、西家の着道《きどう》楽《らく》は歓迎されているのだと初穂は言う。

「みんな、自分に出来ることをしているのね……」

「やっと、自分がどれだけ的外れなことを言っていたか理解した？」

初穂と同じく、冊子を持って歩き回っていたつぐみが、環のもとにやって来た。

「本当に馬鹿な女ね。意味のない浪費を、楓さまがお許しになると本気で思っていたの？　あなた、自分がそうするつもりだったから、他人もそうだと思ったんでしょう」

嫌味たっぷりの言い方だったが、以前のような反発は不思議なほどに覚えなかった。

「ええ、そうかもしれないわ」

素直に同意すると、逆につぐみは驚いたような顔をして、わずかに視線をうろつかせる。

「分かればいいのよ」

どこか気まずそうな顔のつぐみに、ほっほっほ、と少し離れたところにいた玉菊が笑った。

「つぐみの君も、こちらに来た頃は環の君と似たようなことをおっしゃっていたのですよ。かつての己を見ているようで、少し恥ずかしかったのでしょう」

玉菊の君、と咎《とが》めるような声を上げながらも、つぐみの顔は真っ赤であった。

「あなたも、何か事情があって来たの？」

環が問えば、つぐみはハッと息をのみ、不意に真面目な顔になった。

「……弟が、貢挙《こうきょ》を受けるの」

貢挙——血筋による蔭位《おんい》の制《せい》が主体となっている昨今の朝廷において、ほぼ、形骸化しつつある官吏《かんり》登用の制である。しかし任官のための試験は今も続いており、過去には貢挙によって貴族としての身分を得た後、己の才覚で高官にまで上り詰めた例も皆無ではないと聞く。

「お父さまが昇進なさる前に亡くなったから、弟は蔭位の制で朝廷に入る資格を失ってしまったわ。でも私達、どうしても家を再興したくて……。ここで援助を受ければ、何とか勉強は出来るからと、殿が弟の意思を汲《く》んで下さったの」

そうして無事に任官出来れば、つぐみの弟は官吏として、西家を守ることになるのだろうと環は思う。

——恩を受けたものが、朝廷で、家政で、自分の意思でこの家を守ろうとしている。

「顕彦さまは、本当にお優しい方よ」

つぐみは、嬉しそうに言って環の顔を見た。

「そりゃ、ちょっと、あの、深い考えがおありになるかというと、断言は出来ないかもしれないけど、それでもお優しいのは確かなの」

「ええ」

分かるわ、と環が深く頷くと、それに勇気を得たようにつぐみは顔を輝かせた。

「でしょう？　それに、何があっても、絶対に私達を裏切ったりなさらないわ。楓さまもよ。そういう方達だから、私はあの方達を、好きになったの。だから、あの方達に失礼な態度をとる人は、許さないの」

私は、私の大好きなひと達を守りたいだけなのよ、と言われ、環はため息をついた。

「ごめんなさい、つぐみの君。私、色々と失礼なことをしてしまったわ」

「皆、分かっているから大丈夫ですよ」

つぐみが口を開く前に声を掛けられ、環は針と糸を取り落とした。

「楓の方……」

「体だけでなく、お気持ちも元気になられたようで何よりですわ、環の君」

いつものごとく、莞爾《かんじ》として笑う正室がそこにいた。

狭霧の君と一緒に子ども達と遊んで来たのだけれど、ちょっと休憩、と言って、片手で軽く顔を煽いでいる。

もはや、少し前まで感じていたようなわだかまりはない。それでも環には、どうしても楓の方に訊いておきたいことがあった。

「楓の御方は、殿にたくさんの側室がいて、空しくなったりしないのですか」

「いいえ、まったく」

間髪入れずに答えると、楓の方はころころと声を上げて笑った。

「あの方はね、わたくしのことを本当に愛してくれているの。愛されていると実感させてくれるという才能では、きっと、三千世界《さんぜんせかい》で一番よ」

あの男の愛情の深さは並々ならず、ひとりでは溺れてしまう。だから、このくらいがちょうどいいのだと楓の方は言う。

そういうものかと聞いていると、しかし、不意に彼女は真顔となった。

「それにね。間違いなく、あなた達が考えているよりも遥かに困ったひとよ、あの方。

わたくしたちが全力で支えないと、多分三日で西家は崩壊するし、あの方はあっさりこの世の者ではなくなると思うの。それも、心底くだらない理由でね」

愛情の深さと問題児加減では、他の追随を許さないのだと言って、楓の方は嘆息する。

「色々な意味で、わたくし一人の手には負えないのよ。だから……いいこと、みんな！　もし、少しでもあの方を愛おしく感じてしまったのなら、運が悪かったと潔く諦めて、一緒にあの方を支える手助けをしてちょうだい」

最後の一言は、広間を見回しながら大音声で発せられた。だが、それを聞いた側室達は、曇りのなき笑顔で「はいっ」と声を揃えたのだった。


昨夜泣かせてしまったことを気にしてか、その夜も、顕彦は環のもとを訪れた。

昼間にあったことを話して聞かせると、顕彦は腹を抱えて大笑いした。

「楓のおっしゃるとおり、私は、政治のことは何も分からないんだ！　難しいことは全部、楓や優秀な臣下たちに任せているから、こうしろと言われた通りに行動するしか能がない。政治上、勝手なことしても責任とれないし、怒られるのは嫌だからね」

私はひたすら遊んで楽しく生きていたいんだ、と力強く断言され、環は苦笑いした。

「西家当主となられるかたが、そんなことでよいのですか？」

「ああ、よいのだとも。私は、西家の当主となる男だからね」

ふと、声の調子が変わる。

「……他の者の裁量にまかせてうまく回るなら、そうしたほうがいいのさ」

いたずらっぽく片目をつぶって見せたが、しかしすぐに、その眉はへにょりと八の字を描いてしまった。

「でもねー、それはそうとして、お小遣いはもうちょっと欲しいかな。一回競馬で大負けしたからって、締め付けが厳しすぎるよぉ。西家の財産からすればほんのちょっとの損失なのにさ。ねえ環。君、私の側室になってくれるのだったら、君から楓にお願いしてみてくれないかな……？」

＊　＊　＊

広縁《ひろえん》の向こうの庭は、美しい紅葉《こうよう》に覆われていた。

深い蘇芳《すおう》色に、目の覚めるような茜色、まばゆいばかりの黄色に、ほんのちょっとだけ残った黄緑。

楓ばかり植えられた庭園は、秋風の薫る時季を迎え、にごりのない鮮烈な色に染まり切っていた。まるで、星々の炎にでも包まれたかのような有様である。

そして、その色を写し取ったかのような見事な紅葉《もみじ》の襲《かさね》を身にまとった女が、上座から悠然とこちらを見下ろしていた。

「『紅葉の御殿』へようこそいらっしゃいました、桐葉殿《きりは》」

にこやかに告げる楓の方を前にして、桐葉は小さく体を縮こまらせる。

何としても、自分はここで側室にならなければならない。だが、この方にしてみれば、側室候補の自分など、気持ちがいいはずがない。

――嫌われてしまったら、どうしよう。

「大丈夫よ。ここは、大丈夫」

ふと、楓の方の隣にいた女が、声を上げた。

晴れた日の夕焼けのような橙色の装束をまとった、つやつやとした髪の美しい女だ。

小袿には瓶覗色《かめのぞき》で大胆な波文が描かれ、小さな真珠が、波の飛沫《しぶき》を模して品よく縫い付けられている。

楓の方のものよりも淡い色でまとめられているが、はっきりとした主張があり、温かな色合いでありながらもハッと目をひく鮮烈さを持っているそれは、彼女によく似合っていた。

「今はそんな気分にはなれないかもしれないけど、あなたも、すぐにここを気に入るはずよ」

唐突な言葉を不審に思って見返すと、その女はふわりと、心底幸せそうに微笑みかけてきたのだった。

「きっと、あなたも幸せになれるわ」

おにびさく

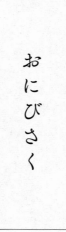

せんべい布団の内側には穏やかな闇が広がっている。

打ちのめされ、世界の何もかもが嫌になってしまった今日のような日には、この闇はいっそう深く静かな救いとなってくれる。

「登喜司《ときじ》？」

素晴らしい暗闇の外から、それをぶち壊しにする養母の声が響いた。

「お前、どうしたんだい。ご飯は食べんでいいの？」

淡々とした物言いに、体から一瞬で血の気が引いたような気がした。

「ごめんなさい、お母さん。俺はもう駄目です。もう、何も出来る気がしません。ご期待には応《こた》えられそうにありません」

親不孝もんで本当に申し訳ない、と振り絞った声は、情けないほどに震えている。しばらくの沈黙の後、「そうかい」と呆れたような返答があり、それきり声はかけられなくなった。

遠ざかっていく足音に、登喜司はたやすく絶望した。

——ああ、とうとうお母さんにまで見捨てられてしまった。

つい先日まで、名を揚げるのにこれほどの好機はないと、あんなに喜んでいたというのに。

全部、自分が情けないせいだ。

布団の端を胸元に引き寄せ、登喜司は小さな暗所で己の不甲斐なさに泣いた。

＊　　＊　　＊

登喜司は職人である。

大貴族西家《さいけ》のお膝元で鬼火《おにび》灯籠《どうろう》を作る仕事をしていると言うと、西領《さいりょう》の外の者には西家お抱えなのかと勘違いされるのだが、全くそんなことはない。

西領は、その技量によって山内《やまうち》の工芸全般を担っている。西本家《にしほんけ》の直轄地にはあらゆる分野の職人が住み、絶えず職人同士腕を競い、技術を磨きあう環境が整えられている。その中で、突出した腕の者だけが西家の「お抱え」となり、作品を宮中に納めることが許される。定期的に「腕比べ」が行われ、たとえ長年お抱えだった者でも、他者に劣れば容赦なくその資格は剝奪《はくだつ》されてしまうのだ。

登喜司の養父は、「お抱え」の鬼火灯籠職人であった。

普段は無口なのに、たまに落とす雷があまりに恐ろしくて、登喜司は怒られる度に何度も心の臓が止まるかと思ったものだった。職人としての腕は素晴らしく、二十二年もの間、ずっと「お抱え」であり続けた。妻との間に子は出来なかったので、周囲の者がその技が失われることを惜しんで弟子を取るように勧めると、何を思ったか彼は、当時、寺で鼻水を垂らしていた登喜司を養子にもらったのだった。

登喜司は捨て子であった。

実の親については、顔も名前も知らない。寺では要領が悪いと呆れられ、手習いでも物覚えが良いとは決して言えず、手先だって不器用なほうだった。それなのに一体自分の何を気に入ったのか、彼は登喜司を後継者に選んだ。そして、あまり丁寧とは言えないやり方で、鬼火灯籠の作り方を教え込んだのだった。

鬼火灯籠は文字通り、鬼火をその中に閉じ込めて明かりを得る道具である。鬼火の種は、それを捕まえ、育てることを専門としている者から買い取り、密閉された容器の中に入れておく。容器の中央に安定した状態で休眠している鬼火に砂糖の塊《かたまり》を与えれば、明るく燃え上がり、砂糖の量に応じて光り続けてくれる。

ただの炎と違って熱を持たないので、うっかり倒して火事を起こす心配もなく、よく出来た鬼火灯籠は貴族の必需品であった。

大きさや形は用途に応じてさまざまで、朝廷に備え付けるものは大きく立派だったが、貴族が私用にするものは持ち運び出来る程度に小さかった。

いずれも明かりを透かす硝子球《がらすだま》と、それを固定する金属部分で出来ており、硝子の透明さと金属部分の装飾の美しさで大方の価値が決まる。当然、どんなに見た目が良くても完全に密閉されていなければ鬼火は安定しないので、砂糖を与える際に鬼火を逃がさないように取り付けられた弁を含め、細工は正確でなければならなかった。

養父の鬼火灯籠は、完璧だった。

鬼火を入れる硝子球は気泡もなく透明で、歪みも全くない美しい球体だ。細工は古式ゆかしく簡素ではあるものの、優美で無駄がなく、使い勝手はことのほか良かったという。

硝子さえ割らなければいつまでも使えると評判で、何十年も前に矢立《やたて》式の鬼火灯籠を購入した貴族が、自分の息子の元服祝いにと、わざわざ同じものを求めに来たほどである。

登喜司は、そんな養父を心から尊敬しつつも、心から恐れていた。

おっかなびっくり鬼火灯籠のなり損ないを作っては怒らせ、苛立たせ、何度もがっかりさせてしまった。

だが、寺に返されはしなかった。

修練を続ければ、いつかは養父のような鬼火灯籠が出来るかもしれない。その時こそ、一言「よくやった」と言ってもらえるだろうし、自分がここに来た意味を果たせるというものだ。

そう信じて修練を続けているうちに、気付けば、十年もの月日が経ってしまっていた。そしていつまで経っても、養父は登喜司に「よくやった」とは言ってくれなかった。

二十歳を超えた頃から、登喜司はいよいよ焦り始めた。

親父は、いつになったらまともな作が出来るんだと怒っているかもしれない。明日にでも勘当されたらどうしよう、などと怯《おび》えているうちに——師匠たる養父は、あっけなくこの世を去ってしまったのである。

あまりに急なことだった。

医《くすし》の話では、かなり内臓を悪くしていたようで、相当痛みもあったはずだという。それなのに養父は、弱音を一切吐かないまま、すとんと逝ってしまった。

残された養母と登喜司は、呆然となった。

周囲の職人達は同情的だったが、ぽっかり空いた「お抱え」の座に目の色を変え、飛びついたのは言うまでもない。父が死んで半年後の「腕比べ」では、当然のように登喜司は落ち、神妙な顔でお悔やみを告げた職人の一人がその座を射止めた。

父の名前で受けていた大口の仕事は全て無くなった。後に残ったお客は、無名の登喜司の作を買い叩いていくがめつい商人と、登喜司が装飾の練習として作った簪《かんざし》をお小遣いでささやかに購入してくれる町娘だけだ。

窮状を知った何名かの職人からは、もしどうしようもなくなったら、弟子として迎えてもいいと言われた。だが、曲がりなりにも登喜司は父の後継なのだ。同じ物を作る職人と言えど、全ての工程を一人でこなし、ひとつの作品を作る以上、そのやり方は千差万別である。技を受け継ぐ以上、弟子入りすればその職人の門下から外れることは許されないし、父のやり方はそこで途絶えてしまうだろう。そう考えると、どうしてもその申し出を受け入れることは出来なかった。

とは言っても、矜持《きょうじ》で腹は膨れない。

養父の残してくれた蓄えがあるうちはまだいいが、それもいつまで続くだろうか。打開の策は見つからず、養母と共に頭を悩ませている最中のことであった。

西本家から、珍しいお触れがあった。

それは、中央におわします皇后陛下、尊き大紫の御前《おおむらさきのおまえ》が、美しい飾り灯籠を所望している、というものだった。しかも急ぎで、一月後には完成品が欲しいのだという。

可能な職人は、期日までに鬼火灯籠を提出すること。その中から選ばれたものが、大紫の御前のもとに届けられる。

その知らせを受け取った養母は、「分かっているね、登喜司」と声を上ずらせた。

言われるまでもなく、まさにそれは、登喜司にとって千載一遇の好機であった。

作品が皇后の私物として選ばれることは、「お抱え」以上の名誉である。一度そうなれば誰も登喜司を「弟子に」などと言えなくなるだろうし、ごうつくばりな商人に足元を見られることもなく、貴族から直接大量の注文を受けられるようになるはずだ。

しかも今回の注文は、「美しい飾り灯籠」である。

細かな指定がない分、自由に腕を披露出来るし、工夫次第では既に名のある職人とも対等にやり合うことが可能なはずだ。

久々に、体に力が漲《みなぎ》る思いがした。

「お母さん、俺、やってみせますよ」

力強く宣言すれば、養母は嬉しそうに何度も頷《うなず》いた。

「あんたが目一杯実力を発揮出来るように、あたしも頑張らにゃいかんね」

こういうざっくりした注文は、注文者の好みが大事なのさ、と無口な養父に代わり、鬼火灯籠の受注を請け負っていた養母は言う。

「ちょいと、探りを入れてみるよ。皇后さまが、普段どんなものをお好みなのかをね」

養父が「お抱え」であった頃、親しく付き合いのあった貴族に訊いてみると言って、養母は家を出て行った。

しかし、どんな趣向が良いか、登喜司があれこれ思いついたことを紙に書き留めているうちに、養母は早々に戻って来た。

「随分早かったですね」

どうでしたかと尋ねたが、養母の顔色は冴えない。

「考えることは、どこも同じだねえ……」

苦笑しながら言うには、すでに同じ質問を他の職人達から受けた後であったらしい。

「大紫の御前は、格調高く、雅《みやび》なものがお好きらしい」

登喜司は閉口した。

相手は皇后なのだ。格調高く、雅やかなものが求められるのは当然だった。

「ただね、時期的に、内親王《ないしんのう》への贈り物かもしれないとも言っていたよ」

「内親王へ？」

「藤波《ふじなみ》の宮さまって言ったかね。お体の調子を崩して、もう随分長いこと経つみたいだけど」

本来なら降嫁《こうか》の話も出てくる年頃のはずだが、それも無理なくらいの気鬱《きうつ》に悩まされているのだという。

「近々、皇后さまが内親王さんに直接お会いするご予定があるから、そのお気持ちをお慰めするためのものかもしれないって」

「じゃあ、お姫さまが好きそうなものがいいのかな」

「それがそうとも言い切れなくてね……」

皇后と内親王の間に、血の繋がりはないらしい。それどころか、政敵だった側室の娘だから、あまりいい感情を抱いていないかもしれないと言う人までいたという。

「そうなると、やっぱり皇后さまのお好みに合わせたほうが無難でしょうか」

高貴なお人達のお考えはよく分からんけどね、と養母は苦笑する。

「好みについてはそれ以上のことはさだかじゃないが、でも、どうして皇后さまが飾り灯籠に興味を持たれたのかは教えてくれたよ」

養母が、気を取り直したように言う。

「何でも、裕福な里烏《さとがらす》出身の女官がいて、中央城下の旦那衆の間で鬼火変わりが流行っているのを聞いたのだとか」

「鬼火変わり――」

何度か、それ専用の鬼火灯籠の注文を受けたことがある。

鬼火変わりは、鬼火に与える砂糖の量や種類によって変わる光の色の違いを楽しむ遊びだ。光の変化が分かるように、他に何の装飾もない大きめの硝子球を作り、それを支える台を設けるのだ。

「それがとっても美しいと聞いて、興味を持たれたのだとか」

薄く均一な硝子で完璧な球体を作るのには、熟練の技がいる。当時、割れやすく大きな硝子の球体を作り上げたのは父だった。

登喜司が、最も苦手としているのも硝子球の作製である。どんなに頑張っても、養父のようにはならない。注意をしても小さな気泡が入り、表面が波打ってしまうのだ。

「……でも、注文は鬼火変わり専用の灯籠ではなく、美しい飾り灯籠なんですよね」

「普通の鬼火変わりでは、満足出来ないということなんじゃないかね？」

鬼火変わり用のものだったら分が悪いが、細工物まで含めて見られるなら、まだ勝負の行方は分からない。

そう簡単に諦めるわけにはいかないのだ。

登喜司は覚悟を決めた。

「お母さん。俺、中央に行ってきますよ」

養母は、呆気にとられたように目を丸くした。

「あんたが？　何をしに」

「鬼火変わりに使うんだったら、どんな色の鬼火を扱うのか見ておきたい。それにこの際だ。山の手にまで行って、宮鳥の奥方が普段どんな細工物を使っているのか、参考までに見て来ます」

まじまじと登喜司を見返し、いい考えだ、と養母は笑い皺《じわ》を深くした。

「なら、あたしも一緒に行こう。前に鬼火灯籠の注文をくれたのは、大店《おおだな》の旦那だ。あそこを訪ねて、灯籠に不具合がないか見に来たと言えば良い」

あんたはお父さんに似て口下手だから、不審に思われちまうかもしれないからねと楽しそうに言われ、登喜司は顔が熱くなった。だが、何も反論出来ないので、ありがたく一緒に中央に向かうことになった。


登喜司が中央に出てきたのは、これが二度目である。

最初に中央にやって来たのはもう三年も前になるが、その時は寺院に備え付けの灯籠の球の交換だったため、大きな硝子球を割らないよう、ひやひやしっぱなしだったのだ。無事に交換が終わった後は疲れ果てて早く帰りたいとしか思わなかったので、情けないと養父に嘆息されたものであった。

そう考えると、中央の様子をじっくり見るのは、これが初めてと言えるかもしれない。

季節は春である。

西領の関所を越え、街道を進んで中央城下町に入ると、ずらりと並んだ軒先にはいずれも花の鉢植えが飾られており、それだけで住民の生活の豊かさが感じられた。

山内の文化の中心地を担う里烏達は、地方から集められた名産物をしかるべき所で売りさばき、あるいは加工し、運び、取引することによって、それぞれの活計を立てている。

深い谷を越えたすぐむこう側は宮中を内包する中央山《ちゅうおうざん》であり、貴族達と隣り合いながら、庶民独自の文化を営んでいた。

かつて父が注文を受けた大店は、中央山を囲むように存在する湖《うみ》に面した城下町の東側にある。

期せずして城下町を横断することになったが、その賑わいは登喜司の想像を超えていた。

西領では滅多に見ない貸本屋とは何回もすれ違い、銭湯の大きさには度肝を抜かれた。店舗を構えた八百屋など初めて見たし、変わった形をした看板を構えたかもじ屋や飴屋、鍵屋、足袋屋、醤油屋に蠟燭《ろうそく》屋までが立ち並んでいる。

中央城下に来れば山内の物は何でも揃うとは聞いていたが、実際目にすると圧巻である。

路面では、鮮やかな朱色の小魚を売り歩く金魚売りの姿が目立ち、大きな盥《たらい》を、子ども達が楽しそうに覗《のぞ》き込んでいた。

登喜司の住んでいた辺りでは、綺麗な色の金魚は高級品である。

それを、子ども達が小さな玻璃《はり》碗《わん》に入れて気安く買い求める姿だけでも少なからず驚きだったが、あれは家に持ち帰ってしばし楽しんだ後、全て湖に放ってしまうというのだ。

捕まった動物を放つことで徳を積むとされる行為は、西領の祭りなどでもしばしば見られる。だが、使うのは小さな亀やめだかがほとんどだ。西領は他の領に比べて典雅な遊びを歓迎する向きがあると言うが、それでも中央との差を感じずにはいられなかった。

そうこうしているうちに、目的地に着いた。

突然の訪問であったため嫌がられるのではないかと登喜司はびくびくしていたのだが、養母が持ち前の笑顔であれこれ言うと、大店の旦那は驚きつつも歓迎してくれた。

その店は呉服屋であった。

仕入れの関係で西領に出入りすることが多く、その流れで養父に灯籠を注文する運びとなったらしい。

店の奥、よく手入れされた中庭の見える客間に、養父の作った鬼火灯籠は置かれていた。

硝子球の表面はよく磨かれており、罅《ひび》も傷もなかった。だが、長年の使用で内部や底面には溶けた砂糖の滓《かす》がこびりつき、上部に備え付けられた弁には、わずかにきしむ部分がある。改めて養父の仕事の確かさに感心しながら、休眠状態の鬼火を吸い出して専用の瓶に閉じ込め、本格的な整備に取り掛かる。

登喜司が道具を広げてあちこちを直している間、養母は旦那と雑談しながら情報収集に励んでいた。

「長く大切に使って頂いて、先代もきっと喜んでおります」

「いやあ、自分なりに手入れはしていたつもりだったんだが、こうしてちゃんと直してくれるというのは大変ありがたいね」

「旦那方の間では、今でも鬼火変わりのご趣味は盛んで？」

「そうだね。特に最近は、お上のほうから鬼火変わりに使う砂糖を献上するようにとお声が掛かってね。気に入ってもらえるようにと皆が励んでいるよ」

やはり西領の職人達へのお触れも、鬼火変わりを鑑賞するためのもののようだ。だとすれば、美しい球体はどうしても必要となる。

考えながら手を動かしていると、突然、旦那のほうから登喜司に声をかけてきた。

「君も、色硝子で鬼火灯籠を作るのかね？」

いきなり話しかけられて飛び上がってしまったが、それ以上に、言われたことが気になった。

「色硝子？　自分は、慶事用の赤しか使ったことがありませんが……」

「そうか。君のところでは作れないか」

ややがっかりしたような様子に、嫌な予感を覚える。

「赤以外の色は、硝子ではなく塗料で絵付けすることはありますが、そういったものをお望みで?」

「いやいや、実は、色硝子をたくさん使った鬼火灯籠が作られるかもしれないと聞いてね」

色硝子を作るには、特殊な素材が必要だ。

つい先日、西領の鬼火灯籠の職人が、大量の素材を買い求めているようだと旦那衆の間で噂になったらしい。

「もし、宮中で色硝子の鬼火灯籠が流行るのなら、ちょっと見てみたいと思っただけなんだ。まあ、推測の域を出ないことだから、忘れておくれ」

ははは、と旦那は上品に笑ったが、登喜司には笑いごとではない。

色硝子で、鬼火灯籠!

先を越された、と思った。

養父は古式ゆかしい鬼火灯籠を好み、色硝子の技術はあまり使いたがらなかった。鬼火灯籠は明るさを求められているのだから、明るさを損なうことはなるべくしたくないと思っていたのだろう。その方針に反発するなど思いもよらなかった登喜司自身は、実は、工夫次第で明るい色硝子も開発出来るのではないかと思っていた。登喜司は綺麗なものが好きだから、もし綺麗なものが作れるのなら、そういった新しい素材に挑戦してみたい気持ちがないわけではなかったのだ。

だが今、自分が「使いこなせる」と胸を張れる色は、赤だけだ。

色硝子の飾り灯籠。透明度さえ解決出来るなら、さぞかし美しくなることだろう。きっと、自分と同じように考え、隠れて工夫と研鑽を積んでいた職人が他にもいたに違いない。同じことをしようと思っても、今から色々試すのでは到底間に合わないのは明らかだ。中途半端に手を出したら、それこそ収拾がつかなくなる。

意気消沈して大店を出た登喜司に、養母は慌てた。

「あんた、そんな、ここでがっかりしても仕方ないよ」

「だけど、お母さん」

「落ち込んでも仕方ないじゃないか。ほら、山の手に行って、貴族の使う道具を見るんだろ？」

山の手は、貴族を相手にする店だけが軒を連ねる区画である。

橋を越え、朱雀門《すざくもん》をくぐった先は、急峻な中央山に絡みつくようにして整備された道が上に伸び、貴族がひいきにする一流の店だけが並んでいる。

足を踏み入れれば、そこを行き来する人々は上流階級の者ばかりで、登喜司は尻込みした。だが、一度店先に並べられた道具類の細工に目を奪われると、次第に夢中になっていった。

流石、言わずと知れた山の手である。

器ひとつ取っても、自分達が使っているものとは薄さが違う。

光に透かすような青みを帯びた白磁やら、顔が映り込むような艶やかな漆器を眺める。

これを普段使いするようなお貴族さまに、自分の作った鬼火灯籠でどうやって挑んでいけばいいのだろう。

「あれ？」

煙草入れの店で細工の見事さに見入っていると、背後に立っていた養母が素っ頓狂な声を上げた。

「登喜司、あれ、あそこにいる人、見える？」

指さされた先には、店先が掃き清められた大店から出てくる人影があった。

あれは――養父に代わって「お抱え」になった職人ではないか！

見送りに出たと思しき、立派な身なりの男と言葉を交わしている。お互いに深々と頭を下げてから、顔見知りの職人は踵《きびす》を返して、こちらに向かってきた。

つい、養母を建物の陰に引きずり込むようにして隠れ、その姿を盗み見る。

彼は、布で包んだ長い棒状のものを担ぎ、確かな足取りで坂道を下って行った。

こちらに気付かずに去っていったのを見計らい、彼が出て来た店へと近付く。

そこは、螺鈿《らでん》を取り扱う店であった。

中に並べられた見事な品をざっと見て、やられた、と呻《うめ》いた。

「やられたって、何がだい」

「あのひと、台を螺鈿にするつもりなんだ……」

ぴんとこなかったのか、不思議そうな顔をする養母に説明する。

「きっと、燭台《しょくだい》をもとに少し改造するつもりなんだ。硝子球と接する部分は彫金だけど、それを直接床に置くと見えにくくなるから、高い位置にも置けるようにしたんだ。鬼火変わりで遊ばない時も照明としてちゃんと使えるように。室内に置いた時、他の調度に馴染むように、あえて螺鈿の職人の力も借りることにしたんだと思う」

鬼火灯籠は、明るさを求めるものだ。使えなければ意味がない、とは、無口な養父がそれでも繰り返し言っていたことだ。

部屋に置いて、それだけ浮いてしまうのは駄目だ。

あの職人は、使い手のことをよく考えている。

「彼の姿勢は正しい。俺は、自分の灯籠をいかに良く見せるかしか考えていなかった……」

そして目の前に置かれた螺鈿は、あまりに豪奢《ごうしゃ》で繊細だった。ここに店を構えているのは、山内一番の証《あかし》である。

最高の鬼火灯籠職人が、同じく最高の螺鈿職人の作ったものを組み合わせ、皇后にふさわしい品を作ろうとしている。

完敗だった。何一つ、自分は勝てないと思った。

＊　＊　＊

帰宅して早々、布団に逃げ込んだ登喜司は大いに泣き、そのまま寝入ってしまった。

ふと目が覚めたのは、あまりに空腹だったからだ。

のろのろと起き出すと、澄ました顔をした養母が座るようにとぞんざいに手を振った。

「気は済んだかい？」

「おなか減ったでしょう。とにかく、食べなさい」

思っていたより、怒っても呆れてもいないようだ。

おとなしく膝を抱えると、手早く汁物に火を入れ、膳を目の前に置いてくれた。

腹が鳴り、いただきますを言うこともなく箸を取る。

――里芋と山菜を煮込んだ白味噌の汁物は、涙が出るほどうまかった。

「お代わりいる？」

「いるぅ」

泣きながら情けない声を出すと、養母が堪えきれなくなったように笑い出した。

「なくなりゃしませんから、ゆっくりおあがりよ」

鼻をすった瞬間、ぽろりと弱音が零《こぼ》れ落ちる。

「お、お父さんに怒られる……」

「まあ、今の情けない泣きっ面《つら》を見たら、呆れはするだろうね」

「俺なんかに、あの人の後を継ぐなんて無理だったんだよ。なんでお父さんは、俺なんかをわざわざ養子にしたんだろう」

「才能があると思ったからだよ」

うええ、と声を上げると、口から涎《よだれ》が落ちた。

「見る目がないぃ！」

「あたしはそうは思わないけどね」

思いっきり胡乱《うろん》げな視線を向けてしまったが、養母は怯《ひる》まなかった。

「あの人はね、あんたのことを見込んでいたし、それは最初から死ぬまで、ずっと変わっていなかったと思うよ」

登喜司はぽかんとした。

「嘘だあ」

「嘘なもんか」

「最初からって、でも、何を見たって言うんだ？　俺、寺にいる頃、ろくなことした覚えがないよ」

養母は苦笑して、どこか懐かしむように目を細めた。

「覚えてるかね。あたしらが最初に寺を訪ねた時、他の子がみんな適当に掃除を終わらせて遊んでいる中、一人だけ気付かずに箒《ほうき》を動かしていたのがあんただったんだ。みんなは終わっているよと声をかけたら、びっくりした顔をしてね。虐《いじ》められているんかと思ったけど、そうじゃなくて、本当に気付いていないだけだったんだね」

覚えてはいないが、覚えはある。

自分は、そういうぼんやりした子どもだったのだ。

「あんたは真面目で一心に取り組む子だと、あの人は褒めていたよ」

「不器用なのに？」

「不器用かもしれないけど、それがいいってさ」

すぐに出来るようになった技はぞんざいにされる。長い時間をかけて出来るようになった技は、大切にされる。

「あの人は、自分の技を大切にして欲しいと思っておったからね」

登喜司は俯《うつむ》いて、空になった椀を指先でいじった。

「それに、あんたの感性もいいと言っていた」

小さくなる登喜司を追い込むように、養母は続ける。

「これも、あんたがまだお寺にいた頃の話だけどね。住職に話を聞くために講堂に入って、出てくるまでの間、あんた、水鉢をずっと見ていたんだよ」

何をしているのかと尋ねると、当時の登喜司はこう答えたのだという。

「『未草《ひつじぐさ》だよ。綺麗だよねえ』って」

「ぼんやりした感想だなぁ」

「馬鹿だね！　その純粋な感性を、あの人は何よりも得難いと思ったのさ」

あの子には、自分にはない美しさへの感度がある。鬼火灯籠は美しいものだ。技術を高めた上で、その感性を発揮出来れば、きっと私以上に良い職人になるだろう、と。

あの養父がそんな風に思っていたなんて、信じられなかった。

しかし、もしそれが本当ならば、生きている間に期待に応えられなかったことが猛烈に申し訳なく――それをちゃんと言ってくれたら、俺はもっと頑張れたのに、とふつふつと怒りが込み上げてきた。

だが、その相手はもういない。今、自分が怒りをぶつけるべきなのは、養父でも、養母でもなく、情けない自分自身だった。

「お母さん。弱音を吐いてごめんなさい」

「いつものことだよ」

「あ……いつもごめんなさい……」

「そうじゃなくてね。あんた、特注のものを作る時には毎度必ずそうなるだろ」

思わず見上げると、「気付いてなかったのかい」と今度こそ呆れた顔をされた。

「悩んだら布団に閉じこもってひとしきり泣いて、お腹が減ったら出てくる。それで、ちゃんと仕事に取り掛かって、結局はいつも良いものを作るじゃないか」

だから、最近ではむしろ登喜司が布団に入ると安心するのだと言う。

「あのね、お父さんの代わりに『お抱え』になったあのお人は、あんたより十年も長く硝子を吹いているんだよ。あんたのほうが下手で当たり前じゃないか」

それで悔しがって泣くあたり、本当は負けん気が強いんだ、と養母は笑う。

「自信を持ちな。あんたが思っているよりも、あんたの作る鬼火灯籠は美しいよ」

「そうかな」

「そうだとも。あたしはあんたを信じているし、お父さんも、きっと同じように思っているはずだよ」

＊　＊　＊

一月後、登喜司は鬼火灯籠を無事に完成させた。

いつもの「腕比べ」は西領にて行われるが、今回は、わざわざ中央の紫雲院《しうんいん》にまで完成品を持ってくるようにと命じられた。

紫雲院は、出家した女宮の預かる寺院である。

その時点で、薄々「もしや」と思うところはあったのだが、いざ、選者が姿を現した際には、震えが止まらなくなってしまった。

決して明言されたわけではない。寺の者からは事前に、「大紫の御前の意を受けた女《にょう》房《ぼう》の方《かた》が、より優れた飾り灯籠を選ばれる」とだけ言われている。

だが、今まで感じたことのない甘く上品な香と、ただならぬ衣《きぬ》擦《ず》れの音、かしこまりきった寺院の者の様子を見れば、この方は大紫の御前その人なのだと確信せざるを得なかった。

おそらくはお忍びで、自ら発注した飾り灯籠を選びに来たのだろう。

明かりを落とされた講堂には、贅《ぜい》を凝らした鬼火灯籠がずらりと並び、そのすぐ後ろにはそれを作った職人達が控えている。

選者が姿を現した瞬間、職人達は一斉に深くお辞儀をして顔を伏せたが、薄闇に紛れて、こっそり様子を窺《うかが》うことが出来た。

選者は薄暗がりの中を、隣に侍女を従え、重そうな衣を引きずりながら、灯籠ひとつひとつをゆっくりと吟味しているようだった。

中央城下町の旦那からの情報通り、いくつかの灯籠は色硝子で出来ていた。

珍しい紫の染料を使って藤の花を描いた灯籠は優美で格調高く、色硝子を組み合わせて金継ぎした灯籠は、他にはない驚きがあった。花の形をしたものは花街《はなまち》にあるような花灯籠を思わせたし、球体に虹色の縞模様の入ったものは地方の祭りで飾られる提灯のようだ。

それぞれが華やかではあったのだが、登喜司がとりわけ美しいと思ったのは、やはり「お抱え」の職人の作った飾り灯籠だった。

思った通り、余計な飾りのない大きな球体は均整の取れた形をしており、硝子そのものも極限まで薄くされ、気泡も一切入っていない。色硝子がその特性上、光源をやや暗く見せがちなのに対し、光の強さは比べ物にならなかった。選者が近くに来たのを見計らって職人が新たな砂糖を入れると、淡い緑色に色が変わったのもよく分かった。明かりに照らし出された台座の螺鈿はきらきらと上品に輝き、それだけでも一見の価値はあった。

職人の粋を極めた工夫はありつつも、鬼火変わりを見せるために作られた、惚れ惚れするような正統派の鬼火灯籠だった。

案の定、選者もその前ではかなり長い時間足を止めていた。

侍女の耳元で何事かをささやくと、選者に代わって、侍女が職人に声をかけた。

「お気に召されたそうです。後ほど、献上なされませ」

「身に余る光栄でございます」

より一層深く頭を下げる姿も、「お抱え」らしく堂に入っている。

——ああ、やはりあそこか。

——確かに見事な出来だものなあ。

——しかし、悔しい。

誰も物音ひとつ立てていないのに、職人達の緊張と落胆が空気を動かしたようにさえ見えた。

登喜司はこの中で最も若手であり、講堂の末端に控えていたので、まだ選者はここまで来ていない。ここに至るまでに一つ選ばれてしまったことに落胆はしつつも、それ以上に、自分の灯籠を間近に見もせずに帰られてしまうのではないかと不安だった。

ありがたいことに、選者は引き返さず、そのまま歩を進めてくれた。

だが、上座に近いほうに熟練の者がいたこともあり、下座に来るにつれてその歩みは速く、吟味の仕方も雑になっていくような気がした。

それでは嫌だ。

ここで、この灯籠の前で足を止めてくれ！

文字通り、祈るような心持ちで頭を下げ、ぎゅっと目をつぶったその時だった。

まるでこちらの祈りが通じたかのように、衣擦れの音が止まった。

誰も、何も言わない。

登喜司は、自分の心臓の音と、呼吸音が講堂中に響いているような気がした。

しばしの沈黙のあと、ぼそぼそと、選者が侍女に耳打ちする気配がする。

「顔をお上げなさい」

はっきりとした声に、ハッと目を見開く。

今、声をかけられたのは自分か、それとも、隣の者か。

「そこの、末席にいる職人。許します。顔を上げなさい」

再度の言葉に、喉が鳴る。

間違いない。自分だ！

恐る恐る顔を上げる。

登喜司の目の前には、選者が立っていた。

そして自分と彼女の間には、この一月、心血を注いで作り上げた飾り灯籠がある。

登喜司は、色付きの硝子を使うことも、完璧な球体を作ることも早々に諦めた。代わりに、無色透明な硝子に気泡をたっぷり含め、あえて大きく歪ませたのである。細い鎖と金具で球体を緩やかに吊るせるようにして、上部の弁には、水面に浮く小さな朮草を模した飾りだけをささやかに付けた。

灯籠の内部には、澄んだ赤い硝子の小さな飾りだけが入れてある。

単純に見えるが、球体の中に飾りを入れると、鬼火に干渉してうまく光らなくなってしまう。一見しても分からないだろうが、この大きく歪ませた大ぶりのものの中にはもうひとつ小ぶりの球体が入っており、二重構造にしてあるのだった。

「変わった形だが、これはどう使う？」

手が震える。ここで失敗は出来ない。小さく息を吐き、口を開く。

「これは、回り灯籠です」

「回り灯籠？」

「この金具の部分は、滑らかに動くようになっております。もしよろしければ、球体の表面を軽く、撫《な》でるように回してご覧になってみてください」

侍女が、少し逡巡《しゅんじゅん》するような様子を見せた。

出過ぎた真似だったかと肝が冷えたが、すっと、灯籠に手が伸ばされる。

侍女ではなく、選者そのひとの手だ。

袖を片方の手で押さえ、優雅な動作で差し出された手が、でこぼことした表面を撫でた。

その瞬間、大きなほうの球体がするすると回転し、周囲に光を拡散させた。

それは登喜司の狙い通り、水面に反射した日の光のように輝いた。

薄暗い講堂の中に、小川の光が差し込んだかのようだ。小さな水草と水面に浮かぶ花の形をした金具の下で、朱色を帯びた赤い硝子が音もなく、のびのびと泳いでいる。

「これは、金魚か」

――ぽつりとこぼされた声は、侍女のものではなかった。

「心が明るうなるようじゃの……」

静かな声に息が出来なくなりそうだったが、まだ、これで終わりではないのだ。

「光栄にございます。しかし、こちらでも鬼火変わりがお楽しみ頂けます」

「見せてみよ」

「はい！」

この時のために、旦那に頼んで教えてもらっていたのだ。少しずつ配合を変えた砂糖を慎重に弁から流し入れると、光の色はみるみる変わり始めた。

まずは、精製された白砂糖の明るい光。

これは昼の水辺だ。

それから、粗いあられ砂糖の、火のような柔らかな夕日の橙《だいだい》色。

砕いた飴による、月明かりに似た青白さ。

最後は、金平糖《こんぺいとう》による、白くまばゆい朝の光。

時の流れを表して、静かに、確かに、光の水辺を演出する。

変わる水面の光の中を、数匹の金魚はすいすいと自由に踊り続けている。

「美しい」

今度こそ、はっきりとした感嘆だった。

それで決まった。

数ある飾り灯籠の中から選ばれたのは、「お抱え」の職人のものと、登喜司のもの、たったふたつだけであった。

＊　＊　＊

講堂の外に出ると、さわやかな風が吹き、白壁に沿って植えられていた泰山木《たいさんぼく》の花がほたりと落ちるのが見えた。

その優しく、まったりとした香りを鼻腔《びこう》に感じた途端、どっと疲れを覚えた。

先ほどまでのことが、まるで夢みたいに感じられた。

だが、これが自分の白昼夢ではないならば――確かに、自分の作った飾り灯籠が、皇后さまに、手ずから選ばれたのだ。

控えの間で結果をはらはらしながら待っていた養母は、登喜司の作が選ばれ、あまつさえ直接「選者」から声をかけられたと聞くと、かつてない程《ほど》に号泣した。

迷惑をかけっぱなしだった養母に少しは恩返し出来たと思ったが、それを聞いた彼女は泣きながら豪快に鼻を鳴らした。

「あんたはまだまだです。これから、もっともっといいものを作れるようになります。ここで満足してちゃいけませんよ」

養母らしい言いように思わず笑うと、不意に、背後から声をかけられた。

「お見事でした」

弾かれたように振り返ると、そこで微笑んでいたのは、西家「お抱え」の職人だった。

彼の作った作品を思い出し、気付けば、素直な賛辞が口から飛び出ていた。

「あなたの灯籠は素晴らしいものでした。自分にはまだ、あんな硝子あしらいは出来ない。いつか、俺もあんな風に作れるようになりたいです」

それを聞いた職人は瞠目《どうもく》してから、どこか苦笑じみた笑みを浮かべた。

「……かつて、私もあなたのお父様に対し、全く同じことを思いましたよ」

あれはどのように思い浮かんだんです、と、登喜司が訊き返す間もなく尋ねられ、慌てて返す。

「自分には、あなたのような技術はまだありません。だから、今の自分には何が出来るだろうかと考えました」

大紫の御前が自分用にと考えるなら、目の前にいる彼の作った螺鈿の作品がふさわしい。珍しく、新しいものを望んでいるのならば、色硝子のものが選ばれるだろう。

なら自分は、年頃の娘さんを思う母の気持ちになってみようと思った。

病床にあって、気鬱の娘を元気付けようとするならば、どんなものを選ぶだろうか、と。

「中央城下で見た、放生会《ほうじょうえ》をもとにしたんです」

湖に解き放たれる、色鮮やかな金魚達。

澄んだ水中を自由に進んでいく彼らの姿は、さぞや美しかろうと思ったのだ。

「自由で、明るくて、見ているだけで元気になれるような——美しいものを作りたかった」

「伝わっています」

静かな口調ではあったが、その一言は力強かった。

「あなたはこれから、きっと素晴らしい職人になるでしょう」

負けませんよ、と真剣な目で言われ、息を呑む。

「私だって、負けません」

それは、切磋琢磨しましょうと言われるよりも、はるかに嬉しい言葉だった。

そして——何故だか初めて、養父に「よくやった」と言われたような気がした。

その後すぐ、「金魚好み」と呼ばれる回り灯籠の意匠は中央にて大いに流行し、若き職人登喜司の名を大いに轟《とどろ》かせることになった。

皇后が、血のつながらない内親王へ贈ったものがその始まりと噂されたが、それが果たして真実かどうかは、九重の内以外に知る人はない。

なつのゆうばえ

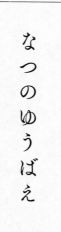

「お前の一生は、自由とは無縁なものとなるだろう」

そうはっきりと言い切る時、母の目はいつだって暗い水底のような色をしていた。

「その代わり、自由以外の全てのものが手に入ると思いなさい。それが、南本家《みなみほんけ》の姫であるということだ。母の言っている意味が分かるかえ」

それは物心ついた頃から、何度も繰り返された問いだった。だから、答えも決まっている。

「心得てございます」

多くを語る必要はない。

この家に、姫として生まれたということ。それはつまり、姫であり続けなければならないということだ。

その意味が分からず、愚かにも死んでいった姉妹達と自分は違う。

かすかな自負を滲《にじ》ませて微笑した娘を見る度《たび》に、母は表情を変えず、しかしどこか満足げに頷《うなず》いたのだった。

＊　＊　＊

八咫烏《やたがらす》の一族を統《す》べる宗家《そうけ》の金烏《きんう》のもと、山内《やまうち》の地を四分して統治する四家がひとつ、南家《なんけ》。

朝廷の大勢力を担い、時に宗家よりも政治において幅を利《き》かせることで知られる南家の内情は、数多《あまた》の飢えた長虫《ながむし》を閉じ込めた小箱のごとき様相を呈していた。

南家系列の貴族達は、お互いの利用価値でのみ団結し、それを失ったと見れば排除するに躊躇《ためら》わない。そして、そんな連中から最も冷ややかな目で見られ、利用されてきたのは、表向き彼らの頂点に立つ南本家の八咫烏《にんげん》なのであった。

南本家の当主に求められているのは、ただ南家系列の宮烏《みやがらす》の所有する利権を守ることだけだ。外界《がいかい》との交易を一手に握る南家は、物品の売り買いにおいて巨万の富を得てきた。その実質的な管理と運営は南本家にほど近い分家が行っており、そこに南家当主が嘴《くちばし》を挟む隙などありはしない。

彼らの言いなりになりつつ、朝廷において、他三家に出し抜かれないよう振舞う。

南家当主であり続けるために必要なのはたったそれだけであったが、その「それだけ」がいかに難しく、出来ない無能の多かったことか。歴史書を紐解《ひもと》けば、不自然な死を遂げた南家当主の例など枚挙にいとまがない。

しかし、蛇のような連中の顔色を見るばかりでもいけなかった。彼らの思い通りに動きながらも、彼らの期待以上の働きをしなければ、すぐにでも首はすげかえられてしまう。無能でなければならないが、己の立場の危うさも理解出来ぬような、ただの無能では話にならない。

南家当主がつとまるのは、「賢い無能」だけであり、なおかつ「あんな連中ごときを手玉に取れずになんとする」という、大貴族としての強烈な意地と誇りを持てる者だけなのだ。

そういった意味で、夕蟬《ゆうぜみ》の父は完璧な当主であったと言えよう。

自分の立場をよく理解し、決してでしゃばらず、威張らず、分家間の調停をうまく執り行う。静かに分家筋の尊敬を集めつつも、朝廷においてはその存在感を示し、やるべきことを粛々《しゆくしゆく》とこなす。

そして、その正室たる母も、南家の正室として己のすべきことを重々承知していた。

母はもともと、父の側室であった。だが、次期当主となる腹違いの兄を産んだ前正室が、病で死んだことによって、次の正室におさまったのだ。

――自分が死んでも、代わりはいくらでもいる。

その危機感のない者は決して長生きなど出来ないと、母は幼い夕蟬にも丁寧に教え込んだ。

南家には、いずれは宗家の若宮《わかみや》に輿入《こしい》れし、皇后となる駒《こま》としての姫が必要だった。

だが、もともと側室胎《ばら》として生まれた夕蟬には、同じような立場の姉妹はいくらでもいるのだ。将来、皇后となるだけの能力がないと見限られれば、明日にでも自分は冷たくなって転がっているだろうことは想像に難《かた》くなかった。

姉妹の中には、実際に不審な死を遂げた者もいる。

大して面識もない姉だか妹だかは、見るからに無邪気で馬鹿だったので、見限られて当然だったと夕蟬は思っている。ああならないようにと、母が厳しく自分を育ててくれたのだと思えば、母の賢さが誇らしく、また、自分への確かな愛情を感じたものだった。

母は頭の良い人で、そして、自分と父のことを心から愛していた。

厳しい教育をほどこした理由には、愛娘の将来を案じる心と同時に、夫の役に立つようにという思惑もあったのだろう。

父が母のもとへ通ってくることは少なく、実際に対面しても、お互いに分かりやすい愛情を示したりはしなかった。しかし、訥々《とつとつ》と朝廷での事件や家政について言葉を交わす二人の姿には、他の側室達との間には存在しない確かな信頼が見て取れた。

夕蝉には、どうしても忘れられない父との思い出がある。

まだ、十歳にも届かない頃だ。父が気まぐれを起こし、夕蝉を庭園の散歩に連れ出してくれたことが一度だけあった。

たっぷりとした袖の上に座らされた夕蝉は、礼儀に適《かな》っているとは言えない状況に恐縮してみせつつも、内心では初めてのことに大いに驚き、胸を高鳴らせていた。

晩夏の夕暮れ時である。

南家の庭には大きな蓮池《はすいけ》があり、橋や釣殿《つりどの》があちこちに設けられていた。池に蓮の花は咲いていなかったが、大きく丸く開いた葉が風になびくと、葉と葉がぶつかりあうやわらかな音がしていた。

さらさらとした感触の風が弱く吹き、汗ばんだ夕蝉の額の髪を撫《な》でていく。

池の上に広がる空は混じりけのない薄い青色をしていたが、黒い山影にかかる雲はとろけるような茜色で、ちぎれ雲のふちは金色に光り輝いている。それがさざなみ立った水面に映り込み、橋の上にいた夕蝉と父は、まるごと極上の薄絹の波に飲まれているかのようであった。

夏を司《つかさど》るという姫神《ひめがみ》の衣は、きっとこんな色をしているに違いない。

感動のあまり大きく息を吸えば、水面で冷やされた空気の中に、日中のこげくさいような乾いた土の匂いと、父の焚《た》き染《し》めた香《こう》の重い薫《かおり》が入り混じって感じられた。

遠くで風に煽《あお》られたかのように、カナカナカナ——と、幽《かそけ》く虫の鳴く声がすると、それまで無言で空を見ていた父が、ふと声を上げた。

「この虫の音を聞くと、私は堪《たま》らなくなるのだよ。特に思い出があるわけではないのに、どこか懐かしいような心地がしてな。さみしく感じるが、悪くはない」

遠くを見つめる父の顔を間近にして、夕蝉は首を傾げた。

「お父さまは、蜩《ひぐらし》がお好きでいらっしゃるのですね」

そうだな、と小さく頷いた父は、横目でちらと夕蝉を見てこう言った。

「そなたの仮名《かりな》はな、わしが付けたのよ。そなたが生まれたのも、ちょうどこのような美しい夏の夕暮れだったのでな」

——その言葉は、夕蝉にとって何よりも大切な宝物となった。

たったそれだけのことで、母が父をこよなく愛する理由を察するには十分だった。夕蝉にとって両親は、この上ない尊敬の対象で、父母のためと思えば、どんなに窮屈な生活も喜びに変わったのだった。

朝から晩まで、難解な漢詩文から箸《はし》の上げ下ろしにいたるまで細かく教えられ、指導される。大抵の子どもであれば早々に音を上げそうな生活を、夕蝉は一切文句も言わずに耐え切ってみせた。

教えられたことを即座に吸収し、貴族の事情をよくのみこみ、本来であれば、それこそ四家の子弟にしか授けられないような学問を見事に修めた夕蝉を、教育係達は掛け値《かね》なしに賞賛した。

「これほど賢い姫はかつて見たことがありません」

「姫どころか、同年の若君でさえ遠く及ばないでしょう」

「まさに、皇后赤烏《せきう》となるにふさわしい姫君です」

報告を聞いた父が満足げにひとつ頷くだけで、夕蝉は全てが報《むく》われた気がしたものだった。

——わたくしは、南本家の姫なのだ。これくらいのことを易々《やすやす》とこなせずしてなんとする。

まさに南家の者らしい誇りと自負を持ち、それにふさわしいだけの実力を兼ね備えた夕蝉に、恐れるものは何もなかった。

＊　　＊　　＊

山内を治める今上金烏《きんう》には、多くの皇子がいた。

いずれも優秀であったが、却《かえ》ってそれが災《わざわ》いし、互いに互いをつぶしあい、共倒れしていった。結局、皇子の中では最も凡庸で、ろくに目もかけられていなかった末の皇子が日嗣《ひつぎ》の御子《みこ》、若宮となったのだ。

有力な皇子に嫁いだ南家出身の女達はみな死ぬか尼になるかだったので、南家としては、なんとしても夕蟬を若宮の正室にしたいという思惑があったのだろう。幸いというべきか、若宮の母親は南家系列の宮烏だったので、正室を選ぶ登殿《とうでん》の儀《ぎ》に先んじて、若宮と夕蟬の顔合わせが秘密裏に行われた。

中央の朝宅《ちょうたく》において、初めて将来の夫となるはずの皇子を目にした夕蟬の胸に去来したのは、こんなものか、という失望であった。

羽母《うば》に縋《すが》るようにして座る若宮は、なよなよとして、ひどく怯《おび》えていた。大して造作のよくもない顔の色は悪く、自信をひどく欠いた様子で、夕蟬の知る貴族のいずれよりも劣って見えた。

これを金烏にして大丈夫なのかという不安さえ感じたが、それを表に出すことはせず、叩き込まれた礼儀作法通り、完璧な礼をしてみせた。

「夕蟬と申します」

はっきりとした声で名乗り、にっこりと微笑《ほほえ》みかけて初めて、若宮と目があった。

その瞬間、若宮はまるで怖いものでも見たかのように、顔を引きつらせた。そして、「イヤッ」と、なんとも子どもっぽい声を上げるや、脱兎《だっと》のごとく部屋から逃げ出したのだった。

「若宮殿下！」

「お待ちを」

「夕蟬さま、申し訳ありません。殿下は、その、同じ年頃の姫に馴染みがなく」

「きっと恥ずかしかったのですわ」

大慌てでとりなそうとする羽母やお付きの者に対し、夕蟬は鷹揚《おうよう》に笑って見せた。

「慣れていらっしゃらないのですから、無理もありません。殿下をびっくりさせてしまったことを、わたくしこそ大変申し訳なく思います」

その言葉に安堵《あんど》する取り巻き達を見つつ、しかし、夕蟬の心中は大いに荒れていた。

あれが若宮とは笑わせる。宗家の者としての自覚も威厳も感じられない。あれの母親は南家出身と聞いていたが、一体、何を教えていたのか！

単純な取り巻きとは違い、一連の様子を見ていた母には、娘の思いがよく見えていたのだろう。

自邸で二人きりになるや、大きな溜息を吐いて、こう言った。

「駿才《しゅんさい》にあらずとの噂はもとよりあった。やるべきことは何も変わるまい。むしろ、そなたが皇后としてすべてを握るには、ちょうどよいと喜ぶべきではないか？」

分かるね、と言われれば、「心得てございます」と返すほかにない。

実際、冷静な部分では母と同じように思っていたのに、その一方で、今まで感じたことのない、自分でもよく分からない感情が胸の中で吹き荒れていた。

——あの子ども、わたくしの顔を見て逃げて行った。

自室に戻った後、夕蟬は誰にも見られないようにして、そっと鏡を覗《のぞ》き込んだ。

母は美しい。

しとやかに咲く花のような気品があり、内面が、そのまま優れた容貌に表れていると思う。だが、自分はどうだ？

まじまじと見つめ、父に似ている、と思った。

鼻はしっかりとしていて、口元は意識して微笑まないと、自然と口角が下がって「へ」の字を描いてしまう。どの部位もはっきりと大作りで、どんなに控えめに見せようとしても、覆《くつがえ》らない迫力があった。

これまで、南家の血筋も明らかな面差しを誇りに思いこそすれ、間違っても恥ずかしくなど思ったりしなかった。だが、男であれば威厳のあると思えた顔の造作は、女にしてはどうにもおさまりが悪いのではあるまいか。

その時初めて、自分は男から好かれるような容貌ではないのかもしれない、と思った。

それを気付かせたのが、よりにもよって将来、自分の夫となるべき相手だったというのは、なんという皮肉だったのだろう。

以来、夕蟬は一人きりになると、よく磨かれた鏡をじっと見つめる癖が出来てしまった。

＊　＊　＊

自由がない代わりに、夕蝉には全てが手に入るはずだった。

いずれ山内の母となるべく育てられ、期待に応《こた》え、何一つ不足などなかったはずだった。だが、夕蝉が裳着《もぎ》を迎えるよりも先に、思いもしない事態となった。

完璧な当主であったはずの、父が死んだのだ。

胸の病でという触れ込みではあったが、そんなはずがない。

訃報を耳にした瞬間、悲しみよりも驚きが勝った。あの父が下手をうつはずがない。分家の連中をよく御していたというのに、何故、死ななければならなかったのか、まるでわけが分からなかった。

しかしその疑問は、次の当主となる兄と顔を合わせた瞬間に氷解した。

煒《ひかる》は、とっくの昔に亡くなった、前の正室の産んだ長兄である。

次期当主という立場にありながら、大きな儀式の際に姿をちらと見かけるだけで、それまでろくに言葉を交わしたこともなかった。俊英であると聞いていたが、葬儀の前に、初めて自分の言葉で意見を交わした夕蝉は、唖然《あぜん》とした。

煒は夕蟬に、自分と一緒に南家を盛り立てて行こう、と親しみを込めて言い放ったのだ。

確かに彼は俊英なのだろう。頭の回転が早く、理想に燃え、分家の連中の言いなりとなっている南本家の現状を歯痒《はがゆ》く思っているようだった。

賢い無能ではない。ただの、愚かな有能であった。

これは駄目だと思った。

おそらく父は、直接それを狙ったかどうかはともかくとして、この兄の「賢さ」に殺されたのだ。悔しいが、ただ殺すだけであれば、ほんの一瞬の隙をつくことは誰だって可能なのだ。

だが、そうして手に入れた地位が、長続きするはずがない。他の家ならともかく、この南本家ではなおさらだ。

兄と別れたその足で、夕蟬は母のもとへと向かった。夫の死を知って倒れてしまった母ではあるが、こうなった以上、夕蟬が頼れるのはもう、彼女しかいなかった。

「お母さま！」

一人臥《ふ》せっている母の寝室に無理やり入った夕蟬は、その場で凍りついた。

母は死んでいた。

白く美しい死に顔は穏やかで、まるで、眠っているかのようだった。

無言のまま、すばやく周囲を見回したが、そこには遺書ひとつ遺されてはいないようだった。枕もとにはただ、薄い薬包紙が落ちているだけである。

それを拾い上げてから、夕蟬は母の死に顔を静かに見つめた。

嘆息《たんそく》し、薬包紙を自分の袖の中に隠し、すうっと深く息を吸う。

「誰かある！」

一人娘を置き去りにしても、この女《ひと》はこんなにも美しい顔で死ねるのだな、と思った。

*　　　*　　　*

父が死んで以来、兄の正室を出した一族が、徐々に大きな顔をするようになっていった。

そうなって初めて、兄の嫁取りの際にもひと悶着《もんちゃく》があったことを思い出した。

煒《ひかる》は、もともと決まっていた有力な分家の許婚《いいなずけ》を蹴り、それまで候補にも挙がっていなかった末端の家の娘を選んだのだと聞いていた。特に力を持っている家ではなかったので、逆に大きな問題はないと言われていたはずであったが、末端であるがゆえに、南本家をとりまく状況を正確に把握出来ていなかったのだ。

おそらくはあの家の誰かが、愚かにも余計な欲を出して父を排したのだろう。

夕蝉は、仇討《あだう》ちなどという愚かなことは考えなかった。まだ自分が自由に動かせる手駒は少なかったし、夕蝉が無理に動かずとも、あの一族は必ず浅薄《せんぱく》な企《たくら》みの報いを受け、自滅していくだろうと確信していたからだ。

兄の正室の名は、何の因果か、夕虹《ゆうにじ》といった。

彼女はその名にふさわしく華やかな佳人《かじん》であり、兄は彼女を溺愛し、なおかつそれを誰に憚《はばか》ることもしなかった。そしてどんな面《つら》の皮をしているのやら、夕蝉に対し兄夫婦は優しく、出来るだけ親しくなろうとしているようだった。

夕蝉は内心をひた隠し、その気遣いに感謝しているふりをし続けた。だが、たとえ父の一件がなかったとしても、兄夫婦を自分は決して好きにはなれなかっただろう。

「夕蝉さまはどうして、蝉なんかを仮名にされたの？」

高貴な姫の名前としてはあまりふさわしくないでしょうに、と心底不思議そうに夕虹に問われた時には、その白い首を勢いに任せて折ってやりたくなったものだ。

そして、妻の美しさを人目も憚らず賛美して止まない兄は、歯に衣《きぬ》着せぬもの言いこそが親しさの証《あかし》だとでも勘違いしているようだった。

顔を合わせる機会が増えると、そのうち、夕蝉の容姿すらもからかうようになったのだ。

「夕蟬は頭がよくて自慢の妹だが、なんと言っても愛嬌が足らん。いつも重々しい格好ばかりしておるしな。特別容姿が優れているわけではないのだから、少しは見た目に気を遣ったらどうだ」

若宮が美女好きなら入内《じゅだい》も怪しいぞと茶化《ちゃか》されて、表情を変えなかった自分を褒めてやりたかった。

「だがまあ、心配するな。私はいつか、南家を、山内で一番にしてみせる。その時、お前は山内一の傑物の妹ぞ。たとえ若宮に袖にされても、嫁の貰い手には困るまい」

「まあ。それはなんと、ご立派ですこと」

――殺してやる。

内心を押し殺し、いつも通り微笑んだ夕蟬に、兄は土産と称して鏡を寄越《よこ》した。

それは、外界の技術を応用した最新の手鏡で、非常に美しいものだった。

手のひらに収まる大きさで、金具で開け閉めが出来るようになっており、その外蓋には見事な螺鈿《らでん》細工で精緻《せいち》な百合の花が描かれていた。

夕虹の持っているものと、おそろいなのだと兄は笑う。

それを謹《つつし》んで受け取った夕蟬は、兄夫婦がいなくなってから、手の中の鏡を見つめた。

急に、衝動を抑えられなくなった。

大声でわめき、怒鳴り、暴れまわりたいが、人目がある以上それは絶対に出来ない。血が滲みそうなほどに唇を噛みしめたまま立ち上がり、釣殿へと出た夕蟬は、思い切り、蓮池の中にその鏡を投げ入れた。

ぽしゃん、と軽い音を立てて、あっけなく手鏡は沈んでいった。

会う度に、兄からは何かしらの手土産を寄越されたが、どうしても鏡だけは手元に置いておきたくなかった。出来ることなら、あんな風に兄夫婦もこの池に沈めて、二度と浮かんでこないようにしてやりたかった。

そう思って、不意に、何もかもが馬鹿らしくなった。

ああ、わたくしは、一体何のために南家の姫でいるのだろう。

南家の姫であるということ。南家の姫であり続けるということ。

利権ばかりにむらがる貴族を醒《さ》めた目で見据《みす》えつつ、馬鹿にしつつも、そんな奴らを手玉に取ることくらいが出来ずにどうするという、ただその意地と己自身への誇りだけで生きている。

それはひどく、むなしくはないだろうか。

ねえ、お母さま。自由以外のものが、全て手に入るなんて嘘でしょう。

きっと、南家の女であらねばならなかった母も、そうだったに違いない。だから、父が死んだ瞬間に、それに殉じることに躊躇いがなかったのだ。

母には父がいた。わたくしには誰もいない。

自分を捨てたと思えば母は恨めしいが、それでも夕蝉が一番好きなのは母であって、尊敬しているのはそんな母が愛した父なのだ。

両親の生きた証が自分だと思えば、そう簡単に絶望は出来なかった。でも、両親の望んだように入内して、皇后となり、山内の母となるにしても、自分が得られるものは何なのだろう。

母のように、自分の命さえ捧《ささ》げられるような夫がいたのなら、どれだけ良かったか。だが、もうすぐ夫となるはずの若宮を軽蔑している以上、自分にはそんなもの、一生手に入るはずはないのだ。

ただ死者のために生きるということが、これほどむなしいとは思わなかった。

こんな、誰ひとりわたくしを愛さない、誰ひとりわたくしを理解しない世界で、わたくしは一生を過ごさねばならぬのか。

特に、生きたいと思う理由はない。ただ、むなしさを理由に死ぬのは、あまりに悔しい。

ゆるやかな絶望の中で、それだけを理由に、夕蝉は生き続けていた。

＊　＊　＊

しばらく中央にいた兄が、久しぶりに南領の本邸へと戻って来た。

珍しい土産を分配するからという理由で母屋《おもや》へ集められた夕蝉は、そこで珍しい顔を見た。

唯一の弟の、融《とおる》である。

娘は多かったが、父が授かった息子は、煒《ひかる》と融の二人だけだった。

側室胎の融は兄と違い、滅多に自分から主張をしない、ひどく大人しい少年だった。いつも曖昧に微笑んでばかりで、何を考えているのかは判然としない。下級貴族の出身で目立たない母親共々、特に良い噂を聞いたこともなければ、悪い噂を聞いたこともなかった。

南家の本邸は広い。

普段、別棟で母親と共に大人しくしている彼は、兄に呼ばれても大いに恐縮して、表には出て来ようとしないのが常であった。

しかし今回、兄が用意した土産の中で、融への文箱《ふばこ》が最も立派だったため、引きこもってはいられなかったらしい。

その文箱は、外界からの輸入品をもとにして中央山の手の職人達が作ったもので、金属で出来ているという変わった形の筆が入っていた。その筆専用の墨壺《すみつぼ》は硝子《がらす》製で、中の墨は青みを帯《お》びた澄んだ色をしている。箱そのものは鈍い銀色をしていて、表面には鶴と亀が彫られていた。

集まった者達に上機嫌で文箱の説明をして見せた兄は、上座から弟を呼ばわった。進み出た融は少年らしい無邪気さをもって微笑み返し、喜んで文箱を頂戴したのだった。

そんな、和気藹々《わきあいあい》と言葉を交わす兄と弟の姿を、夕蝉は冷ややかに眺めていた。

兄には、まだ跡継ぎがいない。

もし、息子が生まれる前に兄が失脚すれば、次の南家当主になるのは融のはずであるが、融は純粋に兄を慕《した》っているように見える。

すでに有力な分家筋が融に怪しい接触を図ろうとしているという情報も入っているが、融はそのどれに対しても、色よい返事をしてはいないらしい。

兄と共倒れするならば、勝手にすればいい。ただその場合、次の当主には南橘《みなみたちばな》家か、南一条《みなみいちじょう》家あたりの若君を都合することになるだろうか。また分家間の調停が難しくなると思えば、余計な負担をかけてくれるなと投げやりに思いもする。

夕蝉には紅《べに》が渡され、異母妹達にもそれに準じる土産が配られた後、酒宴が開かれることになった。

名目上、現在の南家本邸の家政を取り仕切っているのは夕蟬であるが、実際には経験豊富な女房《にょうぼう》達に任せておけば、自分がやらなければならない仕事などないに等しい。頭の悪い妹達と世間話に興じる気にもなれず、夕蟬は適当な言い訳をして、人気《ひとけ》のない場所を探して庭に出た。

お付きの女達は宴の支度に出ているので、久しぶりに、本当に一人きりになれた。

いつかのような、美しい夏の夕暮れである。

空は鮮やかな夕日色で、遠くで蜩の声がしていた。

女が横たわっているかのような山の形は黒々としていて、夜の匂いのする風が蓮池の上を渡っていく。

ぼんやりとその様子を見ていた夕蟬は、ふと、逆光となる釣殿に、小さな人影があることに気がついた。

装束と髪型を見るに、少年――融に違いない。

その周囲に、お付きの者の姿は見えなかった。ずっと兄のところに侍《はべ》っていると思っていたが、何をしているのだろうか。

夕蟬が不審に思ったその時、融は無造作に、何かを蓮池に向かって放り投げた。

「えっ」

思わず声が出た。

夕日を受けて、きらめいたもの。

ばらばらと散らばって水面に消えていったそれは——どう見ても、先ほど兄から手渡され、笑って弟が抱きしめていたはずの文箱ではなかったか。

呆然としているこちらには気付かず、弟はふいと蓮池に背を向け、母屋のほうへと帰って行った。

黒い影絵のようなその姿からは、融の表情は窺《うかが》い知れない。だが夕蝉には、あの瞬間、彼がどんな顔をしていたか、痛いほど分かってしまった。

あっ、あっ、あっ。

声にならない喘《あえ》ぎが漏《も》れ、かくんと腰が抜けて地面に座り込む。

全身を貫く衝撃は、これまでに感じたことのない歓喜だった。

——そうか。そうだったのか！

分かる。わたくしには、あの子が何を考えているかが、分かる。

気付かなかった己が馬鹿だった。自分が融の立場だったらと少しでも考えれば、すぐにでも分かったはずだったのに。

彼の今の立場で、分家のいずれかに肩入れをすればどうなるか。今だけはいい。兄を引き摺り下ろすだけならば。でも、それでは兄と同じだ。

南家当主となるべき者は、蛇のような連中の顔色を見るばかりではいけないのだ。彼らの思い通りに動きながらも、言いなりにはならず、彼らの期待以上の働きをしなければならない。

別に、南家当主になりたいという欲があるわけではない。

だが彼の心中には、利権ばかりにむらがる貴族を醒めた目で見据えつつ、馬鹿にしつつも、そんな奴らを手玉に取ることくらいが出来ずにどうするという、意地と誇りが存在している。

だから、分家のいずれかに肩入れするでもなく、表向きは兄に従いつつ、本当はただ、その自滅を冷ややかな目で待っているのだ。

――わたくしがそうであるように。

ああ！

なんということ。ここにいた。こんな近くに。

わたくしは、決して一人ではなかった。

わたくしを本当の意味で理解出来るのはあの子だけだし、あの子を理解出来るのもまた、わたくしだけなのだ。

あの子は、私だ！

ほんの少し前まで、むなしさだけだった胸は、燦然《さんぜん》と輝くような喜びに満ち溢れた。

やっと、ようやく、自分の生きる意味が見つかったのだと思った。

＊　　＊　　＊

おおむらさきのおまえ、おおむらさきのおまえ。

何度も呼びかける声が遠くで聞こえる。

皇后の尊称たるその名を冠するひとは、はて、こんなに呼びかけられて、一体何をしていらっしゃるものやら。

「大紫の御前。そろそろお時間でございます」

そこで初めて言葉の意味がはっきりと像を結び、夕蟬はまどろみから目覚めた。

ゆっくりと瞼《まぶた》を持ち上げれば、自分付きの女房が、殊勝な面持ちでこちらの様子を窺っている。

――また、随分と懐かしい夢を見ていたものだ。

「今、起きよう」

浜床《はまゆか》から体を起こそうとすれば、すかさず女房達が手を差し出す。立ち上がって歩め

「大紫《おおむらさき》の御前《おまえ》」

ば、優美なつくりの帳《とばり》は夕蟬が触れるまでもなく、両脇の女達によって持ち上げられる。その向こうでは、洗面と朝餉《あさげ》の支度がすでにされており、装束の一装いが完璧に整っていると知っている。

昔の夢を見ていたせいだろうか。まるで、心までもが小娘だった時分に戻ってしまったかのようだ。見慣れているはずの、ありったけの贅《ぜい》を凝らした調度品や女房達をまじまじと見つめていると、それらをまるで今、初めて見たかのような新鮮な感慨を覚えた。

好きでないどころか、見下げ果ててすらいるあの男の子どもを産み、夕蟬は皇后となった。

皇后となるべく生まれ、育てられたのだ。おそらくはあの一件がなかったとしても、今と同じ立場におさまっていたに違いない。だが、その時はきっと、ただ自分の意地だけを頼りに生きる、寂しい人生になっていたことだろう。

今は違う。

あの日以来、自分には生きる意味が出来たのだから。

どうしてあんな夢を見たのか、理由は分かりきっている。今日は、随分と久しぶりに、弟が会いに来てくれるのだ。

すっかり身支度を整えた夕蝉は、足取りも軽やかに謁見《えつけん》の間へと向かった。そこで自分を出迎えた男の顔を見れば、どうしようもなく頰が緩んでしまう。

「よく来てくれたね、融」

ひどく声が甘くなった自分に対し、「ご無沙汰しております」とそつなく応答する弟は現在、南家当主の座におさまっている。

大方の予想通り、兄が南家当主の座についていた時間はそう長いものではなかった。己が手を全く汚すことなく、また、兄の死にいささかの動揺も見せずに、融は至極当然といった態度でその地位につくことになった。

本人は、欲があって南家当主であるわけではない。きっと、それ以上のことを望んでいるわけではないとも分かっている。それでも、夕蝉にはそれで満足する気など、毛頭ないのだった。

夕蝉を見返す弟の眼差しに、自分と同じ熱は感じられない。

少し寂しくはあるが、それで良い。それでこそ、わたくしの愛する男だ。

この気持ちが報われなくたって構わない。弟に向けるべき気持ちではないと、きっと他者は弾劾《だんがい》するだろう。

だが、構うものか。

夕蝉は、融がその力を存分に発揮し、山内の歴史に名を刻むところがどうしても見たかった。融には間違いなく、それが出来るだけの実力と気概がある。

純粋な欲から、そうしたいと思っているわけではない。

夕蟬の南家の姫としての誇り――弟の、南家当主としての誇りの裏には、我々を利用することしか考えていない有象無象《うぞうむぞう》に対する、どうしようもない怒りが存在している。

そして、そんな弟を真の意味で理解出来るのは、この世で自分だけなのだ。

だから、夕蟬は弟のためならば、なんだってしようと思える。

我々を侮《あなど》った連中が、融の足元にひれ伏す姿。我々の意地と誇りが、報われるその日を迎えるためならば――あなたのためならば、わたくしは死んだって構わない。

大紫の御前と呼ばれるようになった今でも、夕蟬の心は、あの夏の夕べに留まり続けている。

はるのとこやみ

「お前の音は、どうにも濁《にご》っている」

別室から聞こえていた笛や太鼓の音が、一気に遠くなる。

師匠が眉根を寄せて漏らした声に、伶《れい》は心胆が冷たくなるのを感じた。

春先の光は未だ固い。

よく磨きこまれた板の間には庭先の小石に反射した明かりがうっすらと差し込み、師匠の顔に刻まれた深い皺《しわ》をぼんやりと浮き上がらせていた。

「申し訳ございません。自分にはまだまだ修業が足りず……」

「お前が誰よりも励んでいることは、よくよく承知しておる。これは力量の不足といった問題ではあるまい」

慰めるようなその言い方は、平素の師匠からすれば信じられないほど優しいもので、それゆえ余計に残酷であった。

「では……？」

竜笛《りゅうてき》を持つ手に汗が滲《にじ》み、喉がからからに渇いていく。声に必死さが滲む伶に、師匠は憐れむような眼差しを寄越《よこ》した。

「竜笛は、天と地を繋ぐものだ。山神《やまがみ》と交信し、山内《やまうち》の陰陽を整える御神楽《みかぐら》の先駆けぞ。結果としてそれを耳にする者の心を高揚させることがあったとしても、その逆はあってはならんのだ。喜怒哀楽を音に込めるは、雅楽《うた》にあらず」

――お主のそれは、俗楽《ぞくがく》だ。

愕然《がくぜん》とする伶にため息をつき、師匠は眼差しをその隣へと向けた。

「倫《りん》。手本を示してやりなさい」

はい、とどこか戸惑いがちに応えたのは、自分と瓜二つの顔をした弟である。

手馴れた所作で横笛を構え、そして流れ出した音は、師匠が「手本」と呼ぶにふさわしいものであった。

滑らかな音の高低は神楽笛《かぐらぶえ》よりも落ち着いており、篳篥《ひちりき》よりもしっとりとして、深く豊かな味わいがある。

すうっと空気が澄み、心の臓を直接つかまれたかのように大気が振動するのを感じる。

外から吹き込む風さえもその色を変え、きりきりしていた伶の気持ちすらも、さっとやわらかな羽の先でひとなでされたようになってしまう。

外からの弱い照り返しを受けて、色素の薄い瞳も、伏せられた長い睫毛《まつげ》も、くるくると癖の強い淡い茶の髪も、正確無比に動く指先も、自らが発光しているかのように輝いて見える。

一心に竜笛を奏でる弟の姿は崇高で、美しかった。

自分と弟の容姿はよく似ている。それこそ、見た目だけならばどちらが伶で、倫か、分かる人はほとんどいないはずだ。

だがひとたび竜笛を与えてみれば、その違いはこんなにも明らかだ。

どうして同じ卵から生まれた兄弟で、こんなにも違うのか。

——本当は、痛いほどにその理由は分かっていた。

「気にすることはないよ。裏を返せば、技量は十分だということだもの。あとは気持ちの問題だとお師《し》さまはおっしゃりたかったんじゃないかな」

宴の支度のため、緋毛氈《ひもうせん》を二人して運んでいる最中のことである。

それほど落ち込んで見えるのかと思うと屈辱ですらあったが、倫は不出来な兄を慰めようと必死で、こちらの思いにはとんと気付いていない様子であった。

「その気持ちが、ついてこないから問題なんじゃないか。俺は、自分に出来ることは何でもやって来たつもりだ。この上、一体何をしろって言うんだ！」

噛み付くように言って、伶は濡縁《ぬれえん》に緋毛氈を乱暴に落とした。

八つ当たりされたにもかかわらず、倫は困ったように眉を八の字にするばかりである。

伶と倫の兄弟は、山内は東領《とうりょう》、永日郷《ながひごう》の宿場町に生まれた。

貴族達からは山烏《やまがらす》と蔑《さげす》まれる生まれでありながら、こうして大貴族東家《とうけ》のお膝元で楽人見習いとして日々励んでいられるのは、東家の施策によるものだ。

この山内の地を四分割する四大貴族のうち東家は、楽家として中央に名を馳せた家である。関連して、東家当主は朝廷において儀礼、式典の諸々を一手に司《つかさど》り、それに必要な人員を東家系列の貴族で固めている。東家は本家、分家問わず、それぞれに得意とする楽器を持っており、儀式の要である神楽の奏者や舞手は、東家に連なる高級貴族達が花形を務めているのだ。

同時に、東家は東領全体に音楽を推奨し、身分を問わず才ある者は宮中に召し上げることも約束していた。主要な式典で演奏が出来るのは貴族だけであるから、実力さえあれば山烏出身であっても、当代限りでそれにふさわしい身分を与えられる場合もあった。結果として、東領では楽を身の助けとする者が非常に多く、山内中から腕に覚えのある者が集まるようになっていた。

伶と倫の母親も、もとは東家お抱えの舞姫となることを夢見て東領にやって来た流れ者である。自身が取り立てられることは叶わず、楽人であった夫とも早々に死に別れたが、少しでもよい師匠につけるようにと東本家《ひがしほんけ》直轄地に居を移すほどに双子の楽才を見込んでいた。その努力は実を結び、双子は名のある竜笛奏者の推薦を受け、十三にして東本家の擁する楽人の養成所、外教坊《がいきょうぼう》に入ることを許されたのだった。

涙を流して喜んだ母は、現在、城下町で三味線奏者として働きながら、双子が宮仕えに成功し、自分を中央に呼び寄せる日を待ち望んでいた。

外教坊に入ってすぐの頃は、竜笛以外の吹物《ふきもの》、弾物《ひきもの》、打物《うちもの》と、雅楽に用いられる全ての楽器を一通り経験させられた。果ては舞や歌の手ほどきまで受けさせられ、それまでひたすらに竜笛を自分のものにすることに必死になっていた二人は、大いに困惑したものであった。

だがこれは、先々を見据えてのことであったと後で思い知らされた。

東家のお抱えになったからと言って、そのまま宮中に上がれるわけではない。実際に宮仕えするためには、この上さらに「才試み《ざいこころみ》」という試験に受からなければならなかった。

既に宮廷において楽人として活躍している者達と合奏し、全員からお墨付きを得なければ、その仲間に入ることは決して許されないのである。

取り立てられる前は、同じ楽器を得意とする者の中で一番上手であることが肝要であったが、合奏するとなればそれでは足りない。全体の調和をつくり上げるためには、他を知る必要があった。

伶も倫も器用なほうではあったから、苦しみながらも最初の難関を無事に乗り越えることが出来た。十六歳となった今では、師匠に稽古を受けつつ、東家の下男として働きながら次の才試みを待つ身となっている。

そういった者の中には、いつまで経っても召人《めしうど》になることが出来ず、さりとて自分から諦めることも出来ず、外教坊から出られないまま無為に時間を過ごす者もいた。ただの下男と思って共に働いていた老爺《ろうや》が、外教坊の隅で物悲しく神楽笛を吹いている姿を見つけた時、伶は心底ぞっとした。ああはなるまいと思ったものだ。

そうして、一心不乱に竜笛を奏で、寝る間も惜しんで修業に励んだ挙句――「お主のそれは、俗楽だ」と、師匠に言われてしまった。

楽には魂の色が出る、というのが、師匠の口癖である。

全く同じように育ち、共に励んできた弟と自分。一体どこで差がついたのかと言えば、それはもう、「魂」の差でしかないだろうと伶は思っている。

外見も才能もそっくりではあったが、倫は昔から、伶よりもおおらかな気質を持っていた。

謂《い》われない罵倒《ばとう》を受けた時、怒りに任せて嫌味を返すのが自分で、「どうしてそのようなことを言うの」と不思議そうに問い返すのが弟だった。

人の明るく優しい部分を形にしたかのような魂を持っていて、そんな倫が奏でる音は、奏者の性質を写し取ったがごとく澄んで、清らかなのだ。

——倫のような音は、自分には出せない。

伶は、肌身離さず懐に持ち歩いている竜笛を、ぎゅっと袷《あわせ》の上から握り締めた。

「梅花の宴は、気分を新たにするのにちょうどいいんじゃないかな」

押し黙る伶を励ますように、倫がわざとらしく明るい声で言う。

中庭には、紅白も鮮やかに咲きほころび、清《すが》しい香を放つ梅の木が立ち並んでいる。それを囲む濡縁や透廊《すきろう》に、二人が緋毛氈を敷いているのは、明日にはここで梅見のための宴が開かれるからだ。

「宴って言っても、どうせ俺達は下働きばかりだろ。多少残飯のおこぼれがあるくらいで、ろくな楽しみなんかないさ」

伶が拗《す》ねた声を出すと、倫は緋毛氈の皺《しわ》をのばす手を止め、ぱちぱちと目を瞬《また》いた。

「そんなことはないよ。今回はただの宴じゃないんだもの。普段なら、絶対聴けないような秘曲だって聴けるかもしれない」

「秘曲ねえ……」

明日の宴では、東分家の姫がここに集められ、楽人としての腕前を披露させられることになっていた。

将来この山内の地を統《す》べる若宮《わかみや》殿下の后選《きさき》び、いわゆる登殿《とうでん》の儀《ぎ》がもうすぐ始まる。四大貴族を代表する姫が中央の宮殿に赴き、若宮の寵愛《ちょうあい》を競うわけであるが、その候補者の選定が行われるのだ。

「楽家の姫と言っても、どれだけの腕があるのかは疑問だな」

どうせ血の濃さで候補を選んでいるんだろうし、と呟《つぶや》くと、倫は苦笑した。

「今の若宮殿下は風流人だから、お館《やかた》さまは、多少縁遠くても腕のある姫を選ぶおつもりらしいよ。そうでなければ、こんなふうに姫君を比べるなんて真似しないだろ」

その言葉に思わず手を止め、まじまじと周囲を見回す。

宴の支度で下男下女がせわしなく行き交う一角には、これみよがしに御簾《みす》が下ろされている。

音楽は東家の本分だ。過去には、琴の音に誘われて若宮が訪れ、入内《じゅだい》した姫もいるという。

だから東家当主は、家柄がよいだけの中途半端な娘よりも、たとえ入内が叶わなかったとしても、若宮が興味を惹かれそうな娘を選んで送り込むことにしたのかもしれない。

「腕のある姫ねえ……」

東家が、名よりも実を取る性質であるというのは、ここに来てから何度も耳にしていたことである。

東領には、南領《なんりょう》のような財力も、西領《さいりょう》のような技術力も、北領《ほくりょう》のような武力もない。

文化的にいくら優れていようとも、ある意味、四領の中では最も弱いと侮《あなど》られかねないのである。朝廷でうまく立ち回らなければすぐに力関係が崩れてしまう立場にあって、しかしそれゆえに、四家の中で最も政治上手なのだと聞いていた。

「まあ、歴代の東家当主さまが柔軟な方だというのは間違いないだろうな」

でなければ、自分達のような平民階級出身の者が、こんな場所にいられるわけがないのだった。

＊　　＊　　＊

天候にも恵まれた宴には、候補となっている姫君が滞りなくやって来た。

朝からきらびやかな装飾のされた飛車《とびぐるま》や輿《こし》が途切れることなくやって来るので、下働きをさせられる伶と倫からすれば堪《たま》ったものではない。

ただ、姫達が御簾の内側にきっちり隠れてからは宴席の給仕へと駆り出されたので、倫の言うところの「腕のある姫」の演奏は耳にすることが出来た。

東家の姫が得意とするのは、長琴《なごん》という楽器である。

よく知られる箏《そう》や和琴《わごん》とはやや異なった構造をしており、その音色は、一面で神楽のための一編成に匹敵するとまでいわれている。東家秘伝の楽器とされているが、実際は昔ながらの形を守っているわけではなく、外界《がいかい》からの技術や様式なども取り入れ、貪欲に改良を重ねているらしい。分家ごとに形式も異なり、それを作る職人を囲い込んでいるのだという。

話に聞くことはあれど、双子も長琴を間近で耳にするのは初めてである。そして、御簾内から聞こえてきた演奏に「なるほど」と得心したのだった。

音階が特殊で、高低の幅が異様に広い。

長琴は、姫を際立たせるためのものであって、他の楽器と合奏することはほとんどない。それひとつでどれだけ華やかな音が奏でられるかが肝というだけあって、どんどん弦が増え、構造が複雑化していったのだろうことは想像に難くなかった。

おそらく、この日のために相当練習をしてきたのだろう。

どの姫も年の割に上手だな、とは思う。だが、日頃一流の奏者に囲まれ、音楽をこれひとつと定めて生きている身からすれば、どうしても物足りなさが勝る。

つまりは、巨大化し難易度が高くなっていく長琴に、姫達の手の大きさも体力も、全く追いついていないのだ。

御簾の内側では年端のいかない娘達が息を荒げ、青い顔で演奏しているのが目に見えるようで、どこか憐れでさえあった。

伶がこっそり上座を窺《うかが》うと、この宴席を設けた東家当主とその嫡男《ちゃくなん》は、隣り合ってよく似た微笑を浮かべていた。微笑ましげに演奏を楽しんでいるように見えなくもないが、宴が始まってから一切表情に変化がないあたり、彼らにとってもあまり思わしい状況ではないのかもしれない。

これじゃ、長琴の演奏で若宮の心を射止めるなど、夢のまた夢だな。

溜息をつくと、近くで酌に勤しんでいた倫が似たような苦笑を向けてきた。考えることはどうせ同じだと思った、その瞬間だった。


突風のような音が吹き荒れた。


けだるげにしていた客人も、そつなく酒をついで回っていた下男も、その場にいた全員がハッと息を呑んで御簾へと目をやった。

一瞬、何の音なのか伶には理解出来なかった。

それほどまでに、これまでの演奏とは明らかに質が異なっていた。

連なる音はなめらかで、拙《つたな》さを感じる部分はどこにもない。

一音一音が粒立ち、豊かな余韻は響きあい、耳から入って腰が抜けるかと思うほど、甘い震えを聴衆にもたらした。

その音はまるで、艶然と咲き誇る梅を容赦なく吹きこぼしてゆく春風のようでもあり、満ち足りた天上の世界から溢れて出た、光そのもののようでもあった。

――それ一面で、神楽のための一編成に匹敵する音。

なるほど、これが長琴かと、感嘆せずにはいられない。

堂々としているのに、不遜《ふそん》な部分はまるでなく、奏者自身が演奏を楽しんでいるかのような余裕さえ感じられる。

最後の一音の余韻が空気に溶けて消えるまで、誰も彼もが動きを止め、うっとりと聞き惚れていた。

演奏が終わった後も、しばし、声を発する者は誰もいなかった。

「見事なり！」

静寂を破って最初に声を上げたのは、東家当主その人であった。

それをきっかけに、宴に集まった人々は目を瞬き、まるで夢から覚めたかのように顔を見合わせた。徐々にさざなみのような興奮が沸き起こり、口々に御簾内の奏者を褒めだす中、倫はただただ呆然とその場に立ち竦《すく》んでいた。

「いやはや、素晴らしい演奏だった。今の奏者は、一体どなたかな」

にこにこしながら東家当主が問うと、中庭の梅の古木を挟んで、反対側に下ろされた御簾がわずかに揺れる。

「お褒めにあずかり、嬉しゅうございます」

控えめに喜びを示したのは、小鳥のように高く澄んだ少女の声であった。

「わたくしは、東清水《ひがしきよみず》の浮雲《うきぐも》と申します」

＊　＊　＊

時をおかずして、東清水家の浮雲は登殿に備え、正式に東本家の姫として迎え入れられた。

梅花の宴以降、双子の話題は、もっぱら本邸にやって来た浮雲の姫君のことばかりであった。

「音域からして、長琴がかなり大きいのは間違いない。手の大きさは、努力じゃどうにもならないはずだ」

「だから、替え玉だって言うの？」

「そうとしか考えられないだろ」

伶は、あの演奏をしたのが少女だとはどうしても信じられなかった。

ただの箏を演奏するだけでも、相当に体力が必要なのだ。

年端のいかない小娘がそれ以上の大きさのものを簡単に弾きこなせるわけがなく、御簾の裏側では、熟達した技術を持つ女房《にょうぼう》を代理に立てていたのではないかと疑っていた。

「でも、長く楽家として栄えている家の出なんだから、生まれつき手の大きな、才能豊かな姫君が生まれてもおかしくはないんじゃないかな」

一方の倫は、奏者はうら若き乙女と信じ切っていた。熱っぽく語る姿には、彼女の楽才に心酔する勢いまでうかがえて、伶にはどうにも面白くない。

「奏している姿を見たわけでもないのに、よくもまあ、そう素直に信じられるもんだな」

「伶こそ何も見てないのに、よくもまあ、そう疑い深くなれるもんだね」

「俺達よりも若いのにあんな演奏が出来るなんて、天才でなけりゃあり得ないだろ！」

「じゃあ、彼女は真実、天才なんだろうよ」

いつまで経ってもこんな調子で、全くらちがあかなかった。

このままでは修業にも差し障《さわ》りがあるのは明らかで、思いつめた挙句、双子は突拍子もない手段に打って出た。

つまりは、実際に姫が奏している姿を——御簾の内側を垣間見《かいまみ》ればいい、ということになったのだ。

正式な楽人にもなれていない、下男同然の身でそんなことをしたと露見すれば、当然ただでは済まされない。最悪の場合、見習いとしての資格を剝奪《はくだつ》され、母を悲しませることになると分かっていたが、どうしても好奇心には勝てなかった。

日中はいつも音が絶えない本邸ではあるが、夜になると見習いや楽人達は明日に備えて休むため、しんと静かになる。そうなると、ゆったりと演奏をするのはあくせく働く必要のない貴族身分の者だけになるから、耳を澄ませば、長琴の音を特定することは可能だと思われた。

それが聞こえないかと意識するようになった三日目の夜、とうとう、風に乗って届くかすかな長琴の音を捉えた。

実際、浮雲のものとされる長琴の音はずば抜けて響くものであったから、耳のよい双子にとって、それを追うのは決して難しくはなかった。遠くから響いてくる長琴の音を頼りに、屋敷の警護の兵に見つからないよう、身を隠しながら邸内を行く。

同じ東本家の敷地内とはいえ、外教坊と本家の者が生活する寝殿は遠く離れていたから、随分と長い道に感じられた。

月の明るい晩である。

思いのほか影が伸びることに気付いて焦ったものの、音に近付いていくのを実感している分、恐れよりも興奮が勝った。

相変わらず、聴く者の心を強烈に惹きつけて止まない演奏である。

前栽《せんざい》の陰に隠れるようにしてようやくたどり着いた離れでは、幸か不幸か、少しだけ御簾が巻き上げられていた。差し込む月明かりに、長大な琴と、それを奏でる手元だけが照らし出されている。

綺麗な、白い手だ。

想像していた通り指は長かったが、あのはっきりとした音のまま一曲を弾きこなせるとは思えないほど、跳ねるように弦を爪弾く指先は細くたおやかである。伶は、男のように大きく筋肉のついた、胼胝《たこ》だらけの手を想像していた手前、なんとも女性らしい繊《せん》手《しゅ》に思いのほか動揺してしまった。

顔は見えない。だが、今、そこで長琴を奏しているのが、若い女であることは認めざるを得なかった。

御簾のうちから響く音はとろけるようで、聞いているうちに、ここに来るまでは皓々《こうこう》として恐ろしくさえあった月の光が、急に神聖なもののように感じられてきた。

そうしてぼうっと聞き惚れていた伶は、隣にいた倫がゆっくりと立ち上がったのに、すぐには気付くことが出来なかった。

月光と長琴で構成された穏やかな夜の世界に、急に鮮烈なきらめきが走る。

驚いて顔を上げた伶のすぐ隣には、誰に見つかっても構うものかと言わんばかりに、仁王立ちで竜笛を奏でる弟の姿があった。

一瞬、長琴の主は驚いたように手を止めたが、闖入《ちんにゅう》して来た竜笛が自分の演奏に合わせたものであると気付くや否や、すぐにその動きを再開した。

長琴は、合奏を企図して作られたものではない。

それなのに、倫の竜笛は長琴を邪魔することも、しかしその音に負けることもなかった。明確に主張したまま絡み合い、まるで花祭りの晩に出会い、踊る男女のように足取りを合わせ、音は天へと昇っていく。

竜笛と長琴の音に誘われたように風が起こり、どこからか花びらが舞ってきた。

青々とした月明かりを受け、ほの白く巻き起こる花吹雪の中で行われる演奏はあまりに現実離れして、それでいて美しく、どこか伶にはものおそろしく感じられた。

同時に――この合奏を超えるものは、この先聴くことはないだろう、という予感を得た。

長琴の女が天才であるならば、倫もまた、天才なのだ。

とてもではないが、そこに伶の入り込む隙などなかった。

演奏は、そうなることが決まっていたかのように自然と終わった。

「……こんな音、初めて」

御簾の内側から聞こえた少女の声は、感動に震えていた。

「この夜のことを、私はきっと一生、忘れられないでしょう」

熱に浮かされたような声に、倫は何も答えない。不審に思った伶が口を開こうとした時、この合奏を聞きつけたのか、どこからか足音が近付いて来るのを感じた。

「倫、人が来る」

囁《ささや》くが、倫は棒立ちのまま御簾を見つめていて、動かない。

「倫!」

焦って弟の手を引っ張ろうとした時、御簾が動いた。

「待って」

耐えかねたように、白い手が綾の縁取りを押しのけ、中からそのひとが現れる。

「また、合奏してくださる?」

ひらりと、一片の花びらが舞った。

つやつやとした黒髪が、血の気を透かして桃色に紅潮した頰に少しだけかかっている。零《こぼ》れ落ちそうな華やぐ瞳は熱く潤み、半開きになった唇は、蓮の花びらに落ちた水滴のような潤いがあった。

好奇心旺盛なよく輝く瞳が、竜笛を持ったままの倫を見て、眼差しが交錯したのを感じた。

——その瞬間、確かに、弟と浮雲の目が合ったのだ。

物音は、すぐ近くまで来ていた。呆けたようになっている弟の手を引き、伶は慌ててその場から逃げ出した。

死に物狂いで走り、人気《ひとけ》がないほうへと逃げた結果、二人は東本家の裏手にある山の中へと入ってしまった。

藪《やぶ》の中、木にもたれながら息を整えてしばらくして後、倫がぽつりと呟いた。

「天女だ」

呆然と、どこか恐れるような声音で呟く弟を見て、急に、伶は夢でも見ていたかのような心地が解けた気がした。

あれほどに麗《うるわ》しい女を、伶は見たことがなかった。

それなのに、あんな楽才まで持ち合わせているなど、あまりに出来過ぎている。

「天女というより、物《もの》の怪《け》の類《たぐい》だろ」

吐き捨てた声は、負け惜しみのようにむなしく響いた。だが、そんなことはないと怒ってくれればまだ良かったのに、倫は伶の言葉が聞こえていないかのように何も言わなかった。

「帰ろう、倫。まったく、お前が竜笛を吹いたから、ばれてしまったかもしれないぞ」

「ああ、うん……ごめん……」

倫の目があまりにも茫洋《ぼうよう》としているので、伶は、何か取り返しのつかないことが起こってしまったような嫌な予感がした。

結局、双子が寝床を抜け出して姫君を垣間見したことは、誰にも気付かれなかった。若い貴族の間で垣間見をするのはよくあることらしいから、案外、そうした者の仕業だと思われたのかもしれない。

ほっと胸を撫で下ろした伶であったが、それとは違った心配を抱えることになってしまった。

あれ以来、倫が、夜にふらりといなくなってしまうようになったのだ。

周囲が寝静まった頃、そっと起きて出て行くのを初めて見た時には、あまりのことにゾッとした。

あの女に会いに行っているのだ、と思った。

伶と倫は、二人で支えあって生きて来た。自分達以外の誰かに対する秘密を共有することはあっても、お互いに対して隠し事をするなんて、これまでだったら絶対にあり得なかった。

何より、密会が見つかれば、倫だけの問題ではなくなるのだ。自分に迷惑をかけ、これほどまでに心をかけてくれた母を裏切り、世話になった師匠達を失望させることになる。一体何を考えているのかと、二人きりになった時に問い詰めた。

しかしそれを聞いた倫は苦笑した。

「大丈夫。伶が思っているようなことは、何もないよ」

気になるならばついて来るといいよと言った倫は、どこかあっけらかんとしている。

その夜、倫は浮雲の君のいる屋敷の一角ではなく、あの夜、二人で逃げ込んだ山の中へとやって来た。

「あまり近すぎると、見咎《みとが》められてしまうからね」

恥ずかしそうなその言い方は、逢引きでもしているかのようだ。

「ここで十分、合奏になるんだ。こっちでは拍子は外れて聞こえるだろうが、彼女のもとでしっかり音になっていればいいから」

「何を言っている……？」

「ここで竜笛を吹くと、あのひとが返してくれるんだよ」

おおまじめに言う倫を、伶はぽかんと見返した。

「馬鹿を言うなよ。ここからあそこまで、どれだけあると思っているんだ」

じゃあ試してみようと言った倫は、いつも通りに竜笛を奏で、一曲が終わった段階でにこりと笑った。

「ほら、聞こえるだろう。あのひとだ」

「そんなもの、聞こえない」

「いいや、聞こえる。俺と合奏して下さっている……」

とうとう頭がおかしくなってしまったのかと思ったが、何故か弟は自信満々で、少し屋敷に近付いてみるといい、と笑い含みに言い放った。

しかし、半信半疑で浮雲の居室のある方角へ進むと、弟の笛が聞こえなくなっていく代わりに——確かに、長琴の音が聞こえ始めたのだった。

それに気付いた瞬間の衝撃は、言い表しようがなかった。

確かに、二人は合奏をしていた。こんなに離れているというのに。

聞こえていないのは、自分のほうだった。

もともと、伶だって耳は相当に良いのだ。それなのに、今の自分には、倫に聞こえている音が聞こえない。

二人しか——二人の天才しか知りえない合奏ならば、確かに、問題はないのだろう。

凡才である自分に言えることは何もなく、同時に、倫を殴って、目を覚ませと言ってやりたい猛烈な衝動に駆られた。

負け惜しみであると分かっていても、こんなこと、許されるはずがないと思った。

＊　＊　＊

「お前、どうした？」

初秋の頃、その変化は唐突に訪れた。

いつも通り稽古をつけてもらっている最中のことだ。師匠の鋭い声は、伶ではなく、倫に対して発せられた。

倫自身は、師匠に何を言われているのか分からずポカンとしていた。その変化を如実に感じ、ひやりとしていたのは伶のほうだった。

これまで、静謐《せいひつ》で犯しがたい清らかさを持っていた、倫の竜笛。

その音色が、濁った。

春の終わり頃から、時折、音がいつもと違うように聞こえることがあった。気のせいかとも思っていたが、ここに来て、どうにも誤魔化しようがないほどに、音に変調を来たしたのだ。

指摘され、困惑の色を浮かべていた倫は、何度か指摘された箇所を繰り返すうちに、ようやく自分の変化を自覚したらしい。サッと青くなった倫に、「気持ちの問題じゃないのか」と、いつかの意趣返しをしてやる気には、到底なれなかった。

自分のそれよりも、倫のほうが遥かに深刻であると、分かってしまったからだ。

それ以降、音の変化は如実で、他の楽器との合奏の際、周囲の者がぎょっとするほどであった。

──天地を結ぶ音が人の心を動かすことがあっても、奏者の心が音に乗ってはならない。

倫の音は卑俗になった。高尚なそれではなくなってしまったのだ。

「原因は分かっているだろ、倫」

二人きりになった外教坊の裏手で、伶は、他の者には聞こえないよう声を潜《ひそ》めて倫を諭《さと》した。

「お前、夏中山に通いつめていただろう。もう、山での合奏は止めるんだ。遅れた拍子に合わせる変な癖がついているし、音に感情が乗り過ぎている。今ならまだ戻れる」

凡人の嫉妬と思われても構わなかった。ただひたすらに、倫の奏でる音を失いたくはないと思った。

皮肉にも、ここに来て伶は、自分は純粋に、弟の竜笛を愛していたのだと気付かされたのだった。

「あのひとは、俺が好きになってはいけないひとだった」

血の気のない顔で、倫は苦しく呟いた。

「最初から叶わない恋なのは分かっているのに、恋をしてしまった。あのひとが自分の音に応えてくれるのが嬉しくて……何よりも、生き甲斐になってしまったんだ。それに、ああ、どうしよう伶。正直、今の俺には、この変わり果てた音も好ましく感じられるんだ」

でも、このままではいけないのも分かっている、と洟《はな》を啜る。

「もう終わりにするよ。最後に、あのひとにお別れをさせてくれ」

その言葉が倫のほうから出てきたことに安堵《あんど》し、伶は静かに弟の肩を抱いたのだった。


その夜、見つかるのを覚悟で、二人は浮雲の君の居室の近くまでやって来た。

ただし、言葉を交わしている所を見咎められては言い訳のしようがないので、築地塀《ついじべい》を隔《へだ》てたところで、倫は竜笛を奏でることにした。

倫は、それで十分あのひとには伝わるはずだと確信を持って言い切った。

いつかよりも、ずっと月の冴《さ》える晩である。

月明かりの中、涙を流しながら奏でる倫の竜笛は、やはり、すっかり春のものから変わり果てていた。

山をたった一匹で歩む、牡鹿の求愛の声のような物悲しさ。

恋焦がれ、しかしどうしようもない苦悩と嘆きが籠《こ》もった音は、最初にここで演奏したものとは程遠く、笑えてしまうほど卑俗な響きをしていた。

しかし同時に、鳥肌が立つほどの凄みがあった。

伶の愛した倫の竜笛ではないが、これもまた、倫の音なのだろう。

これを聞いて、浮雲の君は何を思うのか。

どうか超然とした音を返して欲しいと、祈るような心持ちで、伶は彼女の応《こた》えを待った。目を覚ましなさい、自分にはその想いに応じるつもりはないという、はっきりとした意思表示が欲しかった。

沈黙が続いて、しばし。

息を凝《こ》らして待つ双子のもとに返って来たのは、場違いなほどに明るい音だった。

伶は息を呑み、倫はその場に崩れ落ちた。

彼女が返して来たのは、宮廷の神楽とはほど遠い、民草《たみぐさ》の間で流布しているような音楽であったのだ。しかしそれは、師匠のように「俗楽だ」と切り捨ててしまうには、あまりに素朴であたたかな音色をしていた。

――正道のものとはかけ離れているかもしれないけれど、その音も、私は好き。

伶の耳にも、はっきりとした浮雲の声が聞こえた気がした。

それは明確な、彼女からの慰めであった。

倫は泣いた。身を振り絞るような、苦しい泣き方であった。

「伶。やっぱり、俺にはこの変わり果てた音が愛しく思える。そう思ってしまえる時点で、きっともう、手遅れだ」

「倫！」

馬鹿野郎、と伶は叫んだ。

彼女はあの一曲で、倫にはもう、もとの音が出せないと分かってしまったのだろう。だからこその慰めの曲であると思えば、見限られたような気がして、伶は猛烈な怒りを覚えた。

弟をこんな風にしたのは、あの女なのだ。

目を覚ましてほしいという伶の想いは届かなかったし、彼女が同調したのは、自分ではなく弟の恋心だった。

やはり自分には到達し得ない次元で、この二人は通じ合っている。

悲しい。悔しい。

そして、天才の弟を堕落させた、彼女が憎くて仕方がなかった。

＊　＊　＊

倫が、再びの合奏を求めることはなかった。

浮雲の君はつつがなく登殿の儀を迎え、中央へと去っていった。

才試みで倫は落ち、代わりに伶が召人として、皮肉にも中央へ向かうことになった。

「これで良かったんだ」

寂しそうに笑った倫は、見習いの身分のまま、東本家の下男となって働くつもりらしい。

楽士としての資格を得たとはいえ、その中でも伶はまだまだ下っ端である。身を立て親族を呼び寄せられるようになるまでは、母も倫に任せることになった。

中央の流儀にならい、めまぐるしく働く一方で、伶は密かに登殿の様子を気にしていた。

宮廷の楽士ともなれば、少なからず若宮の后選びの詳報も入ってくる。あの奇跡のような美貌と才能に恵まれた女が、風流人だという若宮に気に入られないわけがないと思っていた。

「浮雲の君が、東領にお戻りになる？」

だからこそ、それは意外な報であった。

それまで、四家の姫の中でも浮雲は最も覚えがめでたいという噂を聞いていた。一体、何があったのか。

「どうも、南家《なんけ》の姫に一杯食わされたらしい」

「南家」

「おっかない女傑だそうで、若宮を押し倒して、無理やりお子を身ごもっちまったんだと」

「は……」

あまりのことに言葉が出ない伶を見て、先輩の楽人が苦笑する。

「若宮が一番気に入っていたのは東家の姫だったから、南家の姫は面白くなかったんだろう。さっさと宮中から追い出しにかかったようだぞ。東家としても、若宮の正室が決まっちまった以上、南家を刺激したくなかったってところかな」

想像していた以上に、登殿の儀は壮絶なものであったらしい。

——倫がいる東本家本邸に、浮雲の君が戻る。

一介《いっかい》の下男となった弟とかの人が関わりを持つとも思えなかったが、ふと、楽によって、言葉がなくとも通じ合っていた二人を思い出した。

本来であればあり得ないことではあるが、あの二人に限って言えば、あり得ないことでもないのかもしれない。

一度そう思うといてもたってもいられず、しばらくしてまとまった休暇を得た伶は、約一年ぶりに東領へと帰還した。

「おかえり、伶。元気そうで何よりだよ」

城下町で、大喜びの母と共に出迎えてくれた弟は、中央へ向かう自分を見送ってくれた時の憔悴《しょうすい》ぶりが嘘のように穏やかな顔つきとなっていた。

今でも竜笛は手放さないそうで、里帰りのお祝いに、と笑い含みに奏でてくれた音を聞いて驚いた。

倫の奏でる音は、雅楽とも、俗楽とも言えなかったあの頃とは、全く異なっていた。朝廷の音楽とは明らかに系統が違うが、感情を表現する音楽としては、非常に完成されていたのだ。明るくのびのびとした、これもやはり天才の音というにふさわしい音である。

「実は、最近じゃ宴席に呼んでもらうこともあるんだ。珍しがられているんだろうけど、もしかしたら特例で、東家のお抱えとして認めてもらえるかもしれない」

「本当か！」

「ああ。この間は、お館さまからも直接お褒めの言葉を頂いたんだ」

やや照れくさそうに言う弟に、「良かったなあ」と伶はしみじみ返した。

浮雲とのことは訊けなかったが、倫の幸せそうな顔に、ひとまず胸をなで下ろしたのだった。

再び朝廷に戻った伶は、任せられる仕事が増えたこともあり、それからしばらくの間、東領へは足が遠のいていた。

中央にいる分、相変わらず、若宮とその正室をめぐるあれこれはよく聞こえてきた。

一度は憎いとまで思った女ではあるが、浮雲が早々に東領に帰ったのは、彼女自身のためにも良かったのだろうと思えるようにまでなった。

入内が叶わなかった以上、誰かのもとに嫁がされるかと思われた浮雲は、しかし不思議なことに、そのまま本家に囲い込まれているようだった。

——「好いたひとがいるから」と、本人が語っているためだという。

その噂が流れてきた際、他の者は若宮のことだと信じて疑わなかったが、伶だけは違う者に心当たりがあった。

もしやそれは、彼女と音楽を通して結びついた、自分のよく知る人物ではあるまいか、と。

だが、間違ってもそんなことを口に出せるはずもない。

時折、東領から届く文により、倫が本格的に楽士を目指し始めたことを知った。再びの、違った形での挑戦であるが、伶はそれを心から応援した。

ただ弟が幸せであればとそれだけを祈り、いつしか中央にやって来てから、五年の月日が流れていた。

順調に宮廷の楽士として働いていた伶のもとに、倫が死んだ、という知らせが届いた。

何が起こったのか、全く分からなかった。

知らせを受け、急いで向かった東領において知らされたのは、伶の半身とも言える弟が入水《じゅすい》したのだという、にわかには信じがたい話であった。

「何かの間違いでは？」

茣蓙《ござ》をかけられた遺体の前で、号泣する母の肩を抱きながら呆然と問う伶に、状況を調べたという役人はそっけなく首を横にふった。

「残念ですが、弟御が自ら沼に入ったのは間違いがありません。事故が起こるような場所ではないのです」

「行きずりの強盗などに、害されたとか」

「そのような痕《あと》は見られませんでした」

「では、何故、倫は死ななければならなかったのです！」

伶の知る限り、弟は東家お抱えの楽士を目指し、実直に日々を生きていた。誰かともめごとを起こしたという話なども聞いたことがなく、むしろあの人柄から、自分などよりもよほど周囲から愛されていたように思う。

「納得がいきません」

叫ぶ伶に、しかし、周囲の目は決してあたたかくはなかった。

結局、弟は自死であったということは覆《くつがえ》らぬまま、埋葬されることになった。

「あの子は、別邸のお姫さまのことを、お慕いしていたから」

記憶の中にあるよりもすっかり小さくなってしまった母は、まだ土の湿った墓前で背中を丸め、ぽつりと呟いた。

「最近、別邸に中央から貴公子がお忍びで通っているという噂があったんだよ。もしかしたらそれで……それを、気に病んじまったのかもしれないねえ……」

身の程も考えずに馬鹿な子だよ、と嗝いて泣きじゃくる母に、伶は何も言うことが出来なかった。

しかし不幸は、それに留まらなかった。

母を中央に連れて帰って三月後には、伶は上役から、西領の寺社へ向かうようにと告げられたのである。

愕然とした。

あろうことか、母親と一緒に西領へ向かいなさい、と上役は言ったのだ。

祭りに際しての派遣という名目ではあるが、その命令は、明らかに帰還を前提としたものではなかった。過去に、問題を起こした楽士が同じように厄介払いされたのを目にしたことはあるが、伶に思い当たる節は何もない。

何故かと食い下がる伶に対し、中央にやって来てからこれまで、親身になって世話を焼いてくれた上役は小さくこう言った。

「お前自身のためだ。もう、中央にも、東領にも戻って来てはいけない」

――到底、尋常ではない。

「一体、何が起こっているんです」

しかし、上役はそれ以上、何も言ってはくれなかった。


伶の疑問は尽きない。

何故、弟は死ななければならなかったのか。

何故、自分が東領はおろか、中央からも追い出されなければならなかったのか。

しかし、その時の伶には、命令に従うほかに出来ることは何もなかったのだった。

＊　＊　＊

「あんた、本当に厨人《くりやびと》なの？　包丁が全然手に馴染んでいないじゃないか」

いつでも手に持って慣らしなさいよとからかわれた伶は、ぐっと唇を噛んだ。

――当たり前だ。俺の手に馴染むのは、包丁ではなく竜笛なんだから。

とはいえ、料理が出来るという触れ込みでここに来た以上、そんな反論など出来るはずがない。からかってきた料理上手の下女を無視し、伶はひたすらに芋の皮剝《かわむ》きへと戻った。

芋についた皮を洗い落とすための水には、染め粉で黒く染めた自分の髪が映っている。

少し小皺が増えたものの、容姿はほとんど変わりがなかったので髪を染めてみたが、幸いにも、今のところ過去に親しかった者達と顔を合わせることもなく、伶が伶だとは気付かれずに済んでいる。

今、伶は名と身分を偽り、東本家の別邸において下働きをしていた。

十年前、西領へと流された伶は、当然、弟の死にも己の処遇にも、全く納得がいっていなかった。

なんとか調べようとはしたものの、中央を挟み、東領の対極にある西領において、漏《も》れ聞こえてくる噂の数は限られていた。

せいぜい分かったのは、浮雲は、伶が西領に流されていくらもしないうちに、東本家嫡男《ちゃくなん》の側室として迎え入れられたらしいということであった。

しかも、側室に迎えられてから、早々に娘を産んだという。

その時期からして、側室となる以前から関係があったのは明らかだった。

もしや、恋敵となった弟を東本家の嫡男が自殺に見せかけて殺したのかとも思ったが、当時、母が浮雲のもとに通って来ていると聞いていた噂は「中央の貴公子」だったことを思えば、いまいち釈然としない。

遠方で噂を集めるだけでは埒《らち》があかず、何度か東領に戻ろうとしたが、その度に上役らの妨害が入り、弟の墓参りすら許されることはなかったのだ。

どんな手を使ってでも東領に戻ると思っていたが、それが叶わぬうちに母は亡くなってしまった。自分を西領に閉じ込めていると思っていた上役が代わるのを待ってみたが、誰が上に来ても、許可は下りない。

かくなる上はと覚悟を決め、身分を偽る手段を探し、末端の下働きとして東家に戻ってくるまで、十年もの月日が経ってしまっていた。

「浮雲の御方も馬鹿をやったもんだよねえ」

浮雲は現在、宗家《そうけ》の姫の教育係として、東本家別邸と中央を行ったり来たりしているという。時折、内親王《ないしんのう》をお忍びで別邸に連れてきて、自身の娘と遊ばせることもあり、その度に厨《くりや》では下世話な噂が飛び交っていた。

「本当だったらあのひと、教育係なんかじゃなくて、自分が皇子や皇女を産む立場になっていたかもしれないのにさ」

「それは、登殿の儀のことか？」

厨には噂好きな下男や下女が大勢たむろしていて、何気なく水を向ければ、自ら進んで色々な情報をもたらしてくれた。

「登殿で失敗してすぐに家に返されたんだから、最初から入内は望み薄だったんだろう？」

あえてそう言うと、菜っ葉を刻んでいた女は「馬鹿だね」と優越感を漂わせて言った。

「金烏《きんう》陛下は、若宮だった頃に会った浮雲の御方が忘れられなかったのさ。わざわざ、お忍びで東領まで来たこともあるくらいだ」

「まさか！」

「あんたが知らなくても当然、お忍びだもの」

十年くらい前の話だしねぇ、と言われ、どきりと胸が鳴った。

「あの女、せっかく陛下が通ってくれたってのに、寝所に男を連れ込んでやがったんだぜ」

対面で、ごぼうの下処理をしていた男が下卑た笑いを漏らした。

「陛下とねんごろになる前に子どもが腹にいるとばれちまって、お忍びも止んじまったわけだ」

「お館さまや女房連中の慌てようは相当なもんだったたって、奥に仕《つか》えている子が言っていたよ」

そりゃそうだよねえ、と呆れたように言う下女に、下男は声をひそめた。

「本人や身近な女房連中は、暴漢に襲われたと主張したらしいが、誰も信じちゃいないさ。だって、子どもが出来たと分かるまで、襲われたとは一言も言わなかったんだから」

　隠していたのは、本当は襲われたのではなく、自分から誘ったからに違いない、と下男は嘯《うそぶ》く。

「本当は、前々から密通していた男がいて、そいつを庇《かば》おうとしたってわけだ」

「ふしだらで呆れちまうよねえ。アタシだったら、陛下が通って来てくれるんだったら、絶対にそんなことしないよ！」

はあ、と熱っぽく息を吐いた下女を「間違ってもあんたにお呼びはかからねえよ」と下男は鼻で笑う。

　伶もそれを面白がるふりをしながら、竜笛に代わって持ち運ぶようになった包丁を静かに腰鞘《こしざや》へ納めたのだった。

　──当時、浮雲のもとに通っていたのは金烏陛下だった。

だとすれば、金烏陛下の寵愛を受ける可能性がある状態で、浮雲がほかに愛している男がいると主張しても、周囲は受け容れられなかったはずだ。

　しかし、弟と彼女は愛し合っていた。

　ひそやかな関係だ。音以外に通じるものは何もなく、二人はふしだらな関係などではなかった。だが、そこには確かに、山神より与えられた才を持つ者同士の連帯があったのだ。

倫は、金烏のお忍びの噂を聞き、浮雲を取られたくなくて忍んでいったのかもしれない。

そして、積年の思いを遂げた。

暴漢に襲われたというのは、おそらく、女房や東家内部の者が浮雲を庇おうとしている主張であって、浮雲自身がそう言ったわけではないだろう。

結果として浮雲は倫の子を宿し――それが東家当主にばれて、倫は殺されてしまった。

だとしたら浮雲の娘というのはもしや、倫の娘でもあるのではないだろうか？

思い至った瞬間、閃《ひらめ》くものがあった。

浮雲の娘は、体が弱いという理由でほとんど外に出してもらえないと聞く。それはもしかすると、見る人が見れば一目瞭然なほど、その娘と倫がよく似ているからではないだろうか。

その可能性はある。

浮雲に確認したい。なんとかして娘を、自分の姪にあたるかもしれない少女を見たい。

料理人として働きながら機を窺い、ようやく機会がめぐってきたのは、春になってからのことだった。

浮雲との出会いを、いやおうなしに思い出す季節である。

今年は例年になく桜がよく咲き、東本家の周辺はもったりと重みを感じるような、薄《うす》紅《べに》色の雲で覆われたようになっていた。

別邸でもささやかな花見をするとかで、その道具を本邸から運ぶように命じられたのだった。

諸々の道具の入った漆の箱や葛籠《つづら》を別邸の敷地に運び入れている最中、思いのほか近い場所で長琴の音がして、心臓が止まるかと思った。

その音色は、浮雲のものにしては拙い。しかしそこには確かに、あの春の夜の音と通じるものがあった。

ついで、手本を示すかのように、滑らかで、手馴れた音が続く。

拙くも明るい調べと、熟練の優しい調べの二重奏に、思わず、涙がこぼれそうになった。

――天の調べだ。

音が止み、きゃらきゃらとした笑い声が聞こえると、もう我慢は出来なかった。

手を動かす下男達に「小用だ」と嘘をついて人目を避け、透垣《すいがい》の隙間の大きな場所を探した。辛うじて、覗《のぞ》き見が出来そうな場所を見つけて、目を押し当てる。

前栽の枝葉に紛《まぎ》れ、母親と思しき女はよく見えない。だが、長琴に向かい合う娘の姿は、はっきりと捉えることが出来た。

その面差しは幼いながら、かつて伶が一目見てから、忘れようにも忘れられなかった女の美貌をそっくりそのまま受け継いでいた。

しかし、その髪は風と陽光を受けて、金色に輝いていた。

くるくると靡《なび》く特徴的な癖毛は、自分と倫のほかに見たことがない。

母親の、大きく、しかし節ばったところのないたおやかな手が、愛しそうに少女の後れ毛を撫《な》でている。

それに微笑《ほほえ》み返す娘の、木漏れ日に輝く清水のようにきらめく瞳。

弟の目だ。

確信した瞬間、全身から力が抜け落ちた。

弟と浮雲の心が確かに繋がっていた証《あかし》が、そこにあった。

良かった。良かった、本当に。

自分は、心から、あの姫の誕生を喜ぶことが出来る。

今なら認められる。

自分は弟を愛していた。そして、浮雲のこともまた、愛していた。

誰よりも愛しい二人なのに、自分だけはどうしても仲間はずれで、嫉妬して、羨《うらや》んで、憎んで、でも、それをようやく今、乗り越えることが出来たのだった。

やはり、弟は東家によって殺されてしまったのだろう。さっきまでの自分であれば復讐を考えたのかもしれないが、今はそうしようとは全く思わなかった。

だって、今の自分には、守るべきひとがいるのだ！

ふしだらな女だと下賤《げせん》の女からも蔑まれる浮雲を、そして、真実愛の結晶である彼女と倫の娘を、何に代えても幸せにしてやらなければならない。

伶はその足で手水場《ちょうずば》へ向かい、髪に塗りつけていた安い染め粉を水で洗い落とした。

水鏡に映った自分の顔は、少し前まであった険が抜けて、自分でも笑ってしまうくらい、記憶の中にある倫とそっくりだった。十年間の苦労が水に溶けてしまったようだ。

倫は、自分の中に生きていた。あの優しい弟ならば、きっと、復讐よりも自分の妻と子を愛して欲しいと思うはずだ。

浮雲と、愛しい姪に、望むことは何もない。ただ、貴女方《あなた》を何よりも愛しく思い、死力を尽くして守る男がいるのだということだけは、知って欲しい。

苦境の中にあって、きっと、心強く思ってくれるはずだ。

先ほどの透垣に戻り、多少、音が鳴るのも構わずにそこを乗り越えた。

濡縁では、陽だまりの中、長琴と並ぶようにして美しい少女が居眠りをしていた。

微笑ましく思いながら視線を巡らせれば、桜の古木の下で、花を見上げている黒髪の後姿があった。

ゆっくりと近付き、声をかける。

「浮雲さま。お久しゅうございます」

自然と笑みが浮かんだ。ただ一礼をしてここを去り、以後は、陰ながら彼女達を支えていこう。

振り返った彼女は、あれから十五年もの月日が流れたとは信じられないほど、記憶の中にある姿のままであった。

その肌は瑞々しく、頬は頭上の桜をやどしたかのように、血の色を透かしていた。長く繊細な睫毛に縁取られた瞳は黒く、潤んでいる。

魅力的な大きな目を見開き、彼女はまじまじと伶を見た。

倫にそっくりの、伶を。

それから、ゆっくりと首を傾げて、心底不思議そうにこう言った。

「あなた、だぁれ？」

——そこで伶は、倫は確かに自分から死を選んだのであり、そうさせたのが、この美しい女であることを知ったのだった。

きんかんをにる

さて、と奈月彦《なづきひこ》は手を打った。

目の前には、妻によく似たきらきらした瞳の愛娘が、まっすぐにこちらを見上げている。

黒髪はまさしく烏の濡羽色《ぬればいろ》、つきたての餅にも似たほっぺたは果てしなくやわらかそうで、小さな唇は今にもほころびそうな桜のつぼみのようだった。まだ小さなてのひらは、楓《かえで》の葉と見紛《みまご》うばかり。汚れてもよい格好を、と言ったにもかかわらず、女房《にょうぼう》が用意したのは上質な絹の衣で、蝶結びに襷《たすき》までかけている。

身内の欲目にしても、たいそう可愛らしい姫君だ。

「準備は良いか？」

「いつでもだいじょうぶです」

その口調も眼差しも真剣そのものであり、よろしい、と重々しく奈月彦は頷《うなず》いた。

「今日作るのは、干し金柑《きんかん》だ。まずは、金柑を収穫するところから始めよう」

一番いい金柑の木まで案内せよ、と命令すると、かしこまりましてございます、とお辞儀をして踵《きびす》を返す。くるりと回った瞬間、羽母《うば》に巻いてもらったと思しき湯巻が綺麗に広がったのが、ひたすらに愛くるしかった。

作業しやすいように簡素な羽衣《うえ》姿になって表に出ると、息が白くなった。

近くに控えていた護衛がさっと差し出してきた綿入れを娘に羽織らせようとしたが、どんどん先に進んでしまうのでこちらが小走りになってしまう。

娘が連れて行ってくれた木は、薬草園の一角に植えられていた。

日当たりのよい面ばかり熟して、半分だけ緑のままの実もあったので、娘を抱き上げて上の金柑を採ってもらうことにした。

「よく熟《う》れているものは触れるだけで採れるから、力まかせにしてはいけない。そうすればヘタの部分も残らないし、実が傷つくこともないからね」

注意すれば、わかりました、と真面目な顔で頷き、黙々と金柑を摘み始めた。

「茱萸《ぐみ》などは一日で色が変わってしまうが、金柑はじわじわと熟れていくので、宮廷の庭では目を楽しませるために植えられている場所も多いのだ」

「陛下の御所にもございますか？」

臣下として完璧な物言いに、思わず苦笑が漏《も》れる。

娘は、内親王《ないしんのう》という立場からはほとんど望み得ないほど、自由な環境で暮らしている。本来なら暗く狭い宮殿の中に閉じ込めるべきところを、野山の空気を味わい、己の手足を目一杯使えるようにして育てているのは、他でもない奈月彦自身だった。

しかしそれゆえに、宮中に戻った際に恥ずかしい思いをしないよう、周囲の者は相当に気を遣っているらしい。娘が己の立場を勘違いしないよう、人前での立ち居振る舞いを含め、普段から厳しく躾けられている節は随所に感じられた。

もともと、我が娘ながら非常に賢い子だとは感じていたが、徹底した教育の甲斐あってか、近頃ではその態度と物言いは、とても六歳児とは思えないものとなっている。

身近に平民の子が多い分、自分だけが制約が多い生活を強いられていると気付かないはずはないのだが、娘はこれまで一度も不平不満を漏らしたことがなかった。そうした窮屈さを全く意に介していないというか、妙な図太さを発揮しているようにも見える。だが、ろくに会えない父親の立場で、それを「良い子だ」と喜ぶ気には到底なれなかった。

「ここでは父さまで構わないよ」

奈月彦がそう言うと、娘は大きな目を瞬《またた》いてこちらを見返し、にこっと綺麗に微笑《ほほえ》んだ。

「――お父さまのおすまいにも、金柑はあるの？」

「ああ。昔住んでいた宮の庭には植えられていたな。誰も食べないのが勿体なくて齧《かじ》ってみたのだが、美味しく食べるために改良された苗木ではないので、とても渋みが強かったのだ」

「お父さま、おてんばね」

「そうだな。おてんばだったかもしれん」

そこで思いついたのが、金柑を煮ることだったのだ。

「以前、東領の山奥に住むおばあさんが、野生に近い状態で育った金柑を甘く煮ていたのを思い出したのだよ」

これから作るのがそれだ、としかつめらしく言うと、娘は何度も頷いた。

「おいしいのがいいです」

「よし。力を尽くそうではないか」

湯巻のたわみにため込んだ金柑を籠に移し、籠を持っていないほうの手をつないで井戸へと向かう。

冷たい水の匂いと味に異常がないことを護衛が確認してから、笊《ざる》の上に実を転がして、表面を丹念に洗った。

下を向いているうちに娘の髪が落ちて来てしまうので、手ずから三つ編みにしてやると、娘は大いに喜んでくれた。

この後は金柑を火にかけるのだが、まだ娘の背が足りないので、竈《かまど》の前に踏み台を置くのも危なっかしく、薬草園の休憩所にある囲炉裏《いろり》を使うことにした。自在鉤《じざいかぎ》に鍋を吊るし、その中に金柑を転がり落とす。

今回のために、奈月彦はわざわざ自分用の調味料を御所から持ってきていた。

水を注いでから少量のお酢を加えると、酸っぱくなってしまうのではと娘は心配したが、ちょっとだけなら気にならないし、そうすると色が綺麗になるのだ。

軽く沸騰させてからお湯を捨て、蜂蜜を木の匙《さじ》でひとすくい、鍋の中に垂らす。

奈月彦は糸を引く蜂蜜を指で切ってから、「みんなには内緒にな」と言って匙を娘に差し出した。

娘は最初、それがどういう意味か理解していないようだった。

奈月彦自身、指についてしまった蜂蜜を舐め取りながら「棒飴のように舐めるといい」と言うと、娘は目を輝かせ、「ないしょですね」とくすくす笑った。

時々はぜる火の粉に当たらないよう、娘にはあえて長い匙を使わせる。

「この蜂蜜は上品な甘さで、どんな料理にも合うので重宝しているのだがな。吹井郷《ふきいごう》の赤橙《あかだいだい》畑の近くで採れる蜂蜜は、香りが強くて独特だった」

「どくどく？」

「どくとくな。他に似ているものがないという意味だよ。蜂蜜にも、花の強い香りが残っていて、金柑を煮る時はいつもその時のことを思い出すのだ」

焦げないように金柑を転がしているうちに、蜂蜜が焦げ、染み出て来た果汁と混ざり合い、得も言われぬすばらしい芳香が部屋いっぱいに広がり始めた。

陽だまりの中、満開の菜の花畑から独特の青っぽさが消え去ったら、きっとこんな香が強く立つだろうと思われるような甘い香りだ。

娘も気に入ったと見えて、深く息を吸ってはうっとりとした表情をしていたが、匙を扱っているうちに、その額には汗がにじみ始めた。

水分が飛んでしまうと、蜂蜜がねばり、金柑を転がすのにも力が必要になってくるのだ。

先ほどまで丸々としていた金柑の表面がほどよくへこんでいるのを確認し、鍋を火から下ろす。

それから、綺麗に洗って乾かしておいた笊の上へと金柑を並べた。

菜箸《さいばし》でひとつひとつ摘まみ上げ、ぶつからないように丁寧に広げ、風通しのよい日陰に置いたら、その日の作業はひとまず終了である。

器用に箸を使い、熱心にひとつひとつの金柑を並べていた娘は、「今日のところはこれでお終いだ」と言うと、ふうっと大きく息を吐いた。

「おいしくなる？」

「そなたがこんなにも頑張ったのだから、間違いなく美味しくなるであろうよ」

後片付けの最中、使ったばかりの鍋に水を入れ、再び火にかけた。

鍋の底にこびりついた焦げつきをこそげ落とし、菜箸も浸して洗いきると、お湯はすっかり金茶に染まる。奈月彦はそのお湯を捨てずに三つの湯呑に分けると、取り分けておいた金柑を一粒ずつその中に落とした。

「金柑を煮た者の特権だ。飲みなさい」

ちょうだいいたします、と両手で押し戴くようにしてただの湯呑を受け取った娘は、促されるままに口をつけ、びっくりしたように目を瞬いた。

「うまいか」

「おいしゅうございます！」

今にもその場で飛び跳ねそうな様子に笑ってから、奈月彦自身も湯呑に口をつける。

先ほどの良い香りがふわりと鼻の奥をくすぐり、即席の金柑茶がうまく出来たことに満足した。

「姫」

残っていた湯呑を差し出して視線を護衛に向けると、娘はハッとした顔で自身の湯呑を置いた。

お盆を取って来て、その上に口をつけていない湯呑を置くと、ずっと遠巻きにこちらを見ていた山内衆《やまうちしゅう》のもとに、ぷるぷると震えながらそれを持って行った。

「陛下とわたくしを守ってくれて、ありがとうございます。これをどうぞ」

まだ護衛の任についてから日が浅い彼は、まさか自分のもとに娘が来るとは思っていなかったようで、ひどく慌てふためいた。

「大変ありがたく存じますが、その、せっかく姫宮殿下がお作りになられましたのに……」

「言ったはずだ。これは、金柑を煮た者の特権だと」

近くでそれをずっと見守っていた彼にも、その権利はあった。

「遠慮なく飲みなさい」

「どうぞ」

娘の笑顔には、どこか有無を言わせない力がある。

さんざん恐縮しながら、しかし嬉しそうに、その山内衆は金柑茶を飲みほしたのだった。

「うまそうな匂いがする！」

出来上がったか、と軽やかな声が掛かった。

足音を立てて土間から姿を現したのは、不格好に着膨れた奈月彦の妻だった。

「干し金柑はすぐには出来ん。あと数日、風通しのよい日陰で干さなければ」

「そんなに待てるか。お前達、良いものを飲んでいるじゃないか」

私の分もあるのだろう、と当然のような顔をして妻が言う。

娘は「ふふっ」と袂《たもと》で口を隠して笑い、たった今、最後の金柑茶を飲みほした山内衆は、青い顔になって震えた。

「お母さま。金柑茶は、つくった者だけが飲んでいいんだって」

今度はわたくしと作りましょう、と娘は言う。だが「そこまで待てるか！」と妻は言い捨て、笊に広げたばかりの金柑をつまみ食いしようとするので、奈月彦は大いに焦った。

雄々しく金柑に襲い掛かる母と、まだ駄目だと言い張るか弱い父との間で繰り広げられるささやかな攻防を、大人びた一人娘はころころと笑いながら見守るのだった。

結局、金柑を死守するようにと娘に言い含め、奈月彦はその日、朝廷に戻った。

それから四日が経ち、ようやく時間を見つけて妻と娘のいる山寺を訪ねると、つまみ食いを企んだ者はいないと見えて――もしくは、娘が父の代わりに妻の魔の手から守り切ったと見えて――金柑は、しっかり笊の上に残っていた。

最後のひと手間は、乾いた金柑に、甘大根のあられ砂糖をたっぷりまぶすことである。

乾いたどんぶりに金柑を一つずつ入れて、皿で蓋をして回すのだが、娘の手にはどんぶりが大き過ぎたので、茶碗で代用することになった。

丹念に、何度もころころ転がしてから皿の上にひっくり返すと、まるで霜《しも》が下りた朝のような金柑が現れる。

ひとつ味見してみると、種が邪魔でやや苦いものの、甘酸っぱくて、嚙みしめるとあのよい香りがふわりと鼻の奥に蘇った。

大変によい出来である。

最後の一手間には妻も加わり、濡縁《ぬれえん》に三人並んで、ひたすらに金柑に砂糖をまぶし続けた。

談笑しながら、半分ほどの金柑に砂糖をまぶし終わった頃のことだ。

遠巻きに見守る護衛に、外を巡回していた兵が近寄り、何事かを耳打ちするのが見えた。

「陛下」

娘の手前、多くは語らずに済ませた配慮に内心で感謝しながら、鷹揚《おうよう》に頷く。

「少し席を外す」

すぐに戻るので、残りも全部砂糖をまぶしておいてくれと言うと、心得ましてございます、と娘は胸を張った。

護衛について歩いていくと、閉め切られた薄暗い茶室には、側近の一人が平伏していた。

「何か分かったか、雪哉《ゆきや》」

顔を上げた配下の表情は陰鬱だった。

「背後関係が見えましたので、急ぎご報告をと」

「どこだ」

「証拠はありません。ですが、やはり紫《むらさき》の雲《くも》の方《かた》かと」

端的な言葉に、堪え切れずうめき声が漏れる。

「あの方にも困ったものだ……」

紫の雲の方――現在、紫雲《しうん》の院とも呼ばれるのは、かつて大紫《おおむらさき》の御前《おまえ》として後宮《こうきゅう》を掌握《しょうあく》していた、前《さき》の皇后であった。

れっきとした現皇后である妻と、内親王たる娘が宮中にいられないのは、その存在が最たる原因である。

前の皇后は後宮を退いた後も、その主たる役目を妻に譲り渡そうとはしなかった。

即位当初は急な譲位に不満を持つ者達が多く、それらを取りまとめて味方につけ、女屋敷の占拠まで行ったのだ。

今でこそ奈月彦に味方する官人が増えたが、未だに影響力は大きく、特に女官の忠誠心には全く信用がおけないというのが実態であった。

なまじ心の内が知れない臣下ばかりの宮廷にいるよりも、気心の知れた者ばかりで身の周りを固め、小さく目の届きやすい紫苑寺《しおんじ》のほうがよっぽど安全である。結果として、随分長いこと仮の住まいであったはずの紫苑寺に留まり続けることになってしまった。今では、娘は紫苑の宮と呼び称されるようになってしまったほどだ。

これからのことを思えば今のままではいられないのは分かっていたが、それでも、宮廷の不穏さを思うと、出来るだけ長くここに留めて置きたいというのが、偽りがたい本音なのであった。

だが先日、とうとうこの紫苑寺にまで、宮中の不穏な影が差したのだった。

「……ままならぬものだな」

思わずぽつりと呟《つぶや》けば、「私は、姫宮が不憫《ふびん》でなりません」と、不意に激しい口調になって雪哉が吐き出した。

「いつになったら宮中においで頂けるのかと思う一方、永遠に紫苑寺にいて欲しいとも思うのです」

自分とほとんど同じことを思う臣下に、奈月彦にはかける言葉もない。

「私は、あの方に幸せになって頂きたい」

今のままでは駄目です、と、畳の目を睨《にら》みつけながら雪哉は言う。

——閉め切った障子紙に、北風に揺れる南天《なんてん》の葉の影が映っている。

一歩外に出れば小春日和の陽気というのに、この小さな部屋の中はなんと味気なく、冷え切っていることだろう。

　少し考えた後、奈月彦は立ち上がり、手ずから障子戸を開いた。

　途端に白い光が入り、澄んだ風が室内の澱《よど》んだ空気を一掃する。

「おいで、雪哉」

　眩《まぶ》しそうな顔をする配下に、奈月彦は微笑みかけた。

「娘が君を待っている」


　雪哉の姿を見た瞬間、あからさまに娘の顔が輝いた。

「雪さん！」

「姫さま」

　お元気そうで何より、と常になく優しい顔立ちになった雪哉に、娘は裾《すそ》をからげるようにして駆け寄った。

「見て。わたくしが作ったのです。わたくしの金柑です」

　金柑はお好きですか、と、そう言う娘の左手には、砂糖をまぶした金柑が三つ載った小皿がある。

「金柑を……」

　妙につかえたような声を出した雪哉に、娘は顔を曇らせて首を傾げた。

「金柑はお嫌い？」

「いえ……いいえ、大好物でございます」

雪哉が言った瞬間、姫宮は再びにっこり笑い、迷いのない手つきで金柑を雪哉の口に突っ込んだ。

「食べて」

返答を待たず、ぐいぐいと押し込まれ、雪哉は面食らったような顔になった。

「おいしいでしょう？」

雪哉は押され気味になりながら、もごもごと頷く。

「だから、わたくしはだいじょうぶです」

笑顔のままに言い切られ、雪哉の顔色が変わった。

「――姫さま」

「わたくしも、いよも、あかねも元気です。わたくしがちゃんと気付いたもの」

娘の食事に毒を盛られたのは、今より十日前のことである。

使われたのは遅効性の毒で、味付けの強い鮎《あゆ》の佃煮の中に混ぜ込まれていた。ちゃんと毒見役がいたのにもかかわらず、娘と羽母子《めのとご》が、その佃煮を口にしてしまったのである。

最初に異変に気付いたのは、他でもない娘自身だった。

口に含んだ途端、駄目、吐いて、と叫び、慌てて吐き出して薬を飲んだことで、命に別状はなかった。だが、気付くのがもう少し遅ければ、毒見役も娘達も命が危うかったのは間違いない。

娘が毒に気付いたのは偶然ではなかった。

毒見をされた食事であったとしても、最初の一口は嚙みしめ、すぐには飲み込まないようにと常に言い聞かせていた。厳しい教育には毒と薬に関するものもあり、娘はそれをしっかりと身に着けていたのである。

紫苑寺の食事に毒が盛られたと知った時は、己の血の気が引く音が聞こえた気がした。うかうかしてはいられず、急ぎ下手人を探し出したが、その間もずっと悪い夢を見ているような気分だった。

毒入りの佃煮を売ったのは紫苑寺に日頃から出入りしていた行商で、事件のあった翌日には湖《うみ》に浮いているのが見つかった。背後で糸を引いていたのは、雪哉の調べからして、やはり前の大紫の御前なのだろう。

幼少時の奈月彦に毒を盛ったのも、おそらくは当時政敵であった彼女だろうと思われた。

自分と同じことを娘も繰り返すのかと思うと気が遠くなりそうだったが、しかし娘は、転んでもただでは起きなかったのである。

毒を盛られてから初めて会った時、娘のほうから、料理の作り方を教えてほしいと言い出したのだ。

賢い娘は、自分に毒を盛られたのだと、きちんと理解していた。

そして、自分に毒が盛られたことよりも、周囲の者に累が及びそうになったことを恐れ、同時にひどく憤慨したのである。何なら、毒見役のためにも自分で食事を作ればいいと、料理を趣味とする父に直接教えを請うてきたのだった。

娘は、暇を見つけては訪ねてきて、自分を可愛がってくれる雪哉のことを、たいそう慕っていた。

娘に毒を盛られたと知った雪哉が怒髪天《どはつてん》を衝《つ》くかのごとく怒り狂い、同時に大いに嘆き悲しみ、傷ついたこともまた、よく分かっていた。

最初に自分が作った料理は、母と父、羽母夫婦と羽母子、世話役の者らと愛馬のクロ、そして雪哉に食べさせるのだと息巻いていたのである。

「ごはんを召し上がるのが、恐ろしくはありませんか」

弱々しく尋ねた雪哉に、娘は挑みかかるような強い眼差しを返した。

「いいえ」

はっきりとした物言いである。

「わたくしが作ったものなら、みんな安心して食べられるでしょう？　お母さまはお料理が出来ないけれど、わたくし、すぐ料理上手になります。陛下も金柑を教えてくださいました。おそろしければ、雪さんのごはんもわたくしが作ってさしあげます」

一見して得意そうだが、その実、娘は真摯だった。

無言のままの雪哉に、奈月彦は苦笑する。

「雪哉。お前が思うよりもきっと、この子は強いよ」

自分と皇后の間には、この娘しか生まれなかった。

未だに側室を、という声はあるが、なんとなく、この娘以外に子があったとしても、何も変わらないような気がしていた。

無邪気に『真の金烏《きんう》』たる己を信じていられた過去の自分なら全く思いもよらぬほどに、今の奈月彦は、誰よりも娘に幸せになって欲しいと願っている。ただの少女として生きていけるならその方がいいのかもしれないと思う一方で、八咫烏《やたがらす》の守り手としての立場を意識すればするほどに、後継として、この娘以上の者はいないだろうとも思うのだ。

幼いながら、すでに予感があった。

――この娘は、統治者に向いている。おそらくは、自分よりもずっと。

「わたくしはだいじょうぶ。だから、心配なさらないで」

板の間に膝をついたまま固まる雪哉を、娘は励ますようにぎゅっと抱きしめた。

「ね、雪哉。わたくしの金柑は、おいしかったでしょう?」

娘を恐る恐る抱きしめ返した雪哉は、泣きそうな顔で、小さく笑ったのだった。

「はい。とってもおいしゅうございましたよ」

あとがき

八咫烏シリーズは、新たに読み始めようという方から、「どこから読んだらよいのか分からない」というお声がけをしばしば頂きます。文庫の新カバー版からは「八咫烏シリーズ○巻」という形で巻数を付けて頂くようになりましたが、外伝は「外伝」と書かれているだけなので、「これどのタイミングで読んだらいいの？」となってしまうのも当然のことです。

今これをご覧の方の中には、順番を確認しようと本編より先にあとがきに目を通している方もおられるのではないでしょうか？

結論から申し上げますと、この『烏百花　白百合の章』は、八咫烏シリーズ第二部第一作目『楽園の烏』と、二作目『追憶の烏』の間に読むことを推奨しております。

第一部

①烏に単は似合わない

②烏は主を選ばない

③黄金の烏
④空棺の烏
⑤玉依姫
⑥弥栄の烏
⑦外伝　烏百花　蛍の章

第二部
⑧楽園の烏
⑨外伝　烏百花　白百合の章
⑩追憶の烏
⑪烏の緑羽

簡単に申し上げると、「発行順に読んで頂ければ間違いはない」ということですね。

今作は、二〇一八年から二〇二〇年までに小説誌『オール讀物』に発表したシリーズ外短編六作に、紙の本の購入特典として公開していた一作、書き下ろし一作の計八作をまとめた本になります。二〇二一年四月に単行本として刊行したものを、この度ありがたく文庫化して頂きました。

前の外伝『烏百花　蛍の章』で申し上げたことですが、長いこと一つのシリーズものを書いていると、本編には入り切れない小話がぽろぽろと生まれてきます。ですが、思いつくまま書き散らしていると、後々一冊の本としてまとめる時に大変困ったことになります。『オール讀物』で発表する際には「本編の流れと合わせた時、問題はないか」「他の短編とコンセプトはずれていないか」を確認し、吟味してから世に出す順番を決めているのです。

よって、発行した順番に従って読めば、ネタバレ回避や次作への伏線がリアルタイムに機能する形になるわけです。

読書とは自由なものであって欲しいので、あまり「ああせえ、こうせえ」と作者の側から言いたくはありませんし、パッと見て読む順番が分からない提供の仕方にも問題があるとは思うのですが、現状、最大限八咫烏シリーズをお楽しみ頂くにはそうして頂くのが最善だと考えているのも事実なので、念のためここに書き記しておきます。

さて。色々と考えながら発表した短編であったはずなのに、今作は一冊にまとめる際、その収録順序に大変苦しめられた記憶があります。

『蛍の章』は「恋」にまつわる短編を集めましたし、『白百合の章』も（それが何とは言いませんが）コンセプトを設定し、全体を通して統一感が出るように題材をセレクトしたつもりでした。それなのに、いざまとめようとすると、うまく構成することが出来なかったのです。

ちなみに、書き下ろし「きんかんをにる」を除く七編の発表時期はこうでした。

あきのあやぎぬ　二〇一八年五月
ふゆのことら　二〇一八年十二月
なつのゆうばえ　二〇一九年五月
はるのとこやみ　二〇一九年十二月
ちはやのだんまり　二〇二〇年五月
かれのおとない　二〇二〇年九月
おにびさく　二〇二〇年十二月

短編の収録順序というものは大変重要です。

短編発表時にはその時発行されている単行本との関係を重要視しますが、まとめる時には発表時とは状況が変わっているので、一冊の本として通して読んだ時の読み味が優先されます。

何より大変だったのは、「かれのおとない」と「はるのとこやみ」という問題児が揃ってしまったことでした。この二作は私にとってこの短編集の中でメインをはれる作品であったので、どっちを前にしても後にしても主張が強過ぎてうまく嵌ってくれなかったのです。北京ダックとフォアグラのソテーを、コース料理で同時に提供しろと言われたみたいなもので、だいぶ頭を悩ませることになりました。

かなり〆切が押している中、ふと、ここまで食い合わせが悪いなら、いっそ二つを最大限引き離したほうがいいのではと思いつきました。

「かれのおとない」を冒頭に持ってくる案を最初に伝えた時、担当編集さんは「かなり攻めた構成ですね！　阿部さんの殺意を感じます」と驚いていたご様子だったのですが、じっくり吟味した後、「でも、確かにこれしかないですね」とGOサインを出してくれたのでした。

その他の短編はモチーフとキャラクターで襷を繋ぐ形を意識し、読み味の変化を考慮に入れて、最終的に今の順序となりました。もう、これしかない、というところまでこだわった収録順ですので、皆さんが読み終わった時、少しでも「面白い！」と感じて頂けたら心より嬉しく思います。

最初に申し上げた通り、『白百合の章』は第一部よりもずっと未来を描いた『楽園の烏』を読み終わった後、楽園に至るまでに過去に何があったのかを語る『追憶の烏』の前に読むことを推奨しています。

しかし、それ以外のいつ読んでも、大きな問題はないはずです。

『白百合の章』は言ってみれば、輝かしく美しい「古き善き山内」の記憶です。

現在第一部を読んでいらっしゃる方には本編では語られなかったエピソードをお楽しみ頂き、すでに第二部に入っていらっしゃる方には、懐かしい思い出として味わって頂けるのではないかと期待しております。

この文庫版『白百合の章』のあとがきを書いている現在、単行本は第二部第三作目『烏の緑羽』まで発売されており、作者はその次の作品のプロットを作成中です。長い間、ずっと書きたいと思っていた『烏の緑羽』を世に出せたことで、ようやく準備体操は終わったと感じています。

第一部では雪哉や奈月彦が主人公のように扱われることが多かったですが、一生懸命生きている八咫烏は彼らだけではありません。

彼らの行く末を、今後もあたたかい目で見守って頂ければ幸いです。

阿部智里

初出
かれのおとない　『楽園の烏』、文庫版『烏百花　蛍の章』購入特典
ふゆのことら　「オール讀物」二〇一九年一月号
ちはやのだんまり　「オール讀物」二〇二〇年六月号
あきのあやぎぬ　「オール讀物」二〇一八年六月号
おにびさく　「オール讀物」二〇二一年一月号
なつのゆうばえ　「オール讀物」二〇一九年六月号
はるのとこやみ　「オール讀物」二〇二〇年一月号
きんかんをにる　単行本刊行時書下ろし

単行本　二〇二一年四月　文藝春秋刊

本文イラスト・名司生

文春文庫

烏《からす》百《ひやつ》花《か》　白百合《しらゆり》の章《しよう》

定価はカバーに表示してあります

2023年5月10日　第1刷

著　者　阿《あ》部《べ》智《ち》里《さと》

発行者　大沼貴之
発行所　株式会社 文藝春秋

東京都千代田区紀尾井町 3-23　〒102-8008
TEL 03・3265・1211(代)
文藝春秋ホームページ　http://www.bunshun.co.jp

落丁、乱丁本は、お手数ですが小社製作部宛お送り下さい。送料小社負担でお取替致します。

印刷・凸版印刷　製本・加藤製本

Printed in Japan
ISBN978-4-16-792036-4